CW01183466

Rue du Pardon

DU MÊME AUTEUR

Le sommeil de l'esclave, *Stock, 1992*
Les Funérailles du lait, *Stock, 1994*
L'Ombre du poète, *Stock, 1997*
Cannibales, *Fayard, 1999 ; L'Aube poche, 2005*
Pollens, *Fayard, 2001*
Terre d'ombre brûlée, *Fayard, 2004*
Le Griot de Marrakech, *L'Aube, 2006 ; L'Aube poche, 2009*
Les Étoiles de Sidi Moumen, *Flammarion, 2010 ; J'ai lu, 2013*
Le Seigneur vous le rendra, *Fayard, 2013*
Le fou du roi, *Stock, 2017*

Mahi Binebine

Rue du Pardon

roman

Stock

Illustration de couverture : Gabriel Boisdron

Couverture : Coco bel œil

© Éditions Stock, 2019

ISBN 978-2-234-08759-0

À Abdellah, parti trop tôt

1

Du haut de mes trois pommes, perchée sur un tabouret bancal face au miroir de la salle d'eau, je percevais un soupçon de sourcils, la partie supérieure de mon front et le bandeau élastique réprimant mes boucles rebelles. Hors de mon champ de vision fleurissait ma tignasse drue de sauvageonne que ma mère abhorrait. Dès que je m'approchais d'elle, comme attirée par un aimant, sa main se dirigeait vers les tisons qu'elle s'employait en vain à lisser. Ce qui s'apparentait à de la tendresse était en réalité le combat quotidien de ma génitrice contre le désordre naturel des choses. Mais la nature, têtue et obstinée, reprenait immanquablement ses droits. À peine les pieds dehors, je me débarrassais de mon serre-tête et redevenais la petite frisée boulotte de la rue du Pardon. Souvent je me suis demandé pourquoi ma chevelure contrariait à ce point ma mère. Y voyait-elle quelque malédiction ? Les prémices de ma damnation future ? Peut-être. En tout cas, elle me regardait comme on regarde un extraterrestre échoué d'une planète inconnue. Elle avait beau fouiller dans sa lignée comme dans celle de Père, elle n'y décelait pas l'ombre d'un aïeul de qui je pouvais tenir une toison pareille, et blonde par-dessus le marché !

Pour ma part, je ne me reconnaissais pas non plus dans la tribu où j'étais née et au sein de laquelle j'avais enduré une enfance difficile et oppressante. Outre le caractère violent et sournois de mes parents, leur monde était morne, triste, sans fantaisie et d'un ennui mortel. Seule touche de gaieté alentour : les Saintes Écritures brodées de fil d'or sur un tapis de prière accroché au mur du salon. Avant même d'apprendre à lire, j'aimais affoler mes pupilles en suivant les arabesques s'entrelaçant sur le velours. Autrement, la couleur grise dominait le reste : murs, tentures, visages, mobilier. Jusqu'aux poils du chat. Un gris poussière décliné sur tous les tons de la déprime. Et pour compléter le décor, il régnait chez nous du matin au soir un silence lugubre. Si Père avait pu faire taire les moineaux, il ne s'en serait pas privé. Quant à la musique, on pouvait toujours rêver. Père n'allumait le poste radio qu'aux heures précises des informations.

Une voix grave débitait alors sur un ton monocorde le détail des glorieuses activités royales, suivies, encore et toujours, d'un magma de catastrophes, de guerres et de naufrages.

Cependant, comme savent le faire si bien les enfants avec leurs parents, je m'étais adaptée aux miens, à l'indigence de leurs sentiments et à leur laideur. Par une mystérieuse alchimie, j'étais parvenue à créer une bulle où je me réfugiais dès que l'environnement extérieur devenait toxique. À l'abri dans ma bulle, je me laissais emporter par le souffle des anges. Cela vous surprend, n'est-ce pas, qu'une nuée d'anges déguisés en papillons entraîne haut dans le ciel une fillette dans sa bulle ? Je peux le comprendre. Il n'en reste pas moins que je voyais ces créatures célestes comme je vous vois, prenant leur envol depuis les contes merveilleux que me racontait Serghinia. Elle disait que leur mission sur terre consiste à baliser le chemin des artistes.

Au fait, vous ai-je précisé que j'étais une artiste ?

Depuis toute petite, j'ai su décoder le langage des anges ; c'est pourquoi j'ai pu accéder par mes propres moyens au pays des rêves et des papillons. Un pays enchanteur et enchanté, fait d'étincelles, de frissons, de fossettes rieuses et de toutes les couleurs de l'arc-en-ciel. Face à la raideur sèche et austère des miens, j'y ai trouvé la grâce de la rondeur, la danse de la volute, l'élégance fragile, la finesse et la subtilité des êtres qui avancent sur la pointe des pieds.

Sur ce pays-là régnait une déesse : Serghinia, notre voisine. Plus tard, je vous raconterai l'histoire fabuleuse de cette artiste dans la maison de laquelle – je peux le dire aujourd'hui sans crainte – j'ai connu le bonheur. Cette femme-là a été ma famille, mon amie, mon refuge.

Debout face au miroir de la salle d'eau dans la demeure soignée de Serghinia, en me hissant sur les orteils, je distinguais les lobes de mes oreilles un rien décollées, ornées des anneaux en argent massif que m'interdisait de porter ma mère en dehors des jours de fête. L'image implacable que me renvoyait la glace témoignait de l'étendue du désastre : une frimousse barbouillée d'un rouge à lèvres criard, luisant, n'épargnant aucune parcelle de ma peau d'ordinaire si blanche ; un *rouge-putain* comme aurait dit ma mère, un de ces vermillons qui me fascinaient tant sur les lèvres pulpeuses de Serghinia. Le mot « putain » prenait une dimension particulière dans mes vierges oreilles quand ma mère le prononçait. Pu-tain. Ça claquait la majesté d'une femme affranchie, ça revendiquait la liberté de tortiller du cul en public dans une djellaba en soie moulante, ça brandissait haut dans le ciel l'étendard enflammé de l'insoumission.

Mais tout là-bas au fond du miroir, là où s'arrête le carrelage blanc à la lisière de la porte entrouverte, tandis que j'écarquillais les yeux sur mon maquillage coupable, j'aperçus le visage lumineux de Serghinia. Surmontés de sourcils exagérément froncés, ses yeux luisants grondaient à peine, pardonnaient à moitié. Elle s'avança dans ma direction les bras écartés, inquiète, craignant une chute :

– Mon poussin ! Ce tabouret ne tient pas debout ! Tu vas finir par te casser la figure !

Et, plus vite que l'éclair, je vis mon corps chétif sombrer dans la chair abondante de son étreinte.

– Laisse-moi t'apprendre à devenir une princesse, mon amour. Le rouge à lèvres, ainsi que son nom l'indique, est conçu pour peindre exclusivement les lèvres. Pas le front, ni tes pommettes rubicondes par nature, et encore moins tes paupières sanguinolentes qui te prêtent l'air de sorcière tout droit sortie d'un conte d'horreur. Tu n'es pas une sorcière, n'est-ce pas, ma chérie ? Alors applique-toi, comme tu le fais avec Aïda et Sonia pour vos coloriages. Ne dépasse sous aucun prétexte les contours. Compris ?

– Oui, Mamyta.

– Bien. Lave-moi cette figure à grande eau et ramène-la vite pour que je la dévore !

Mamyta était le sobriquet attribué à Serghinia par Aïda et Sonia, ses filles jumelles. J'aimais l'appeler ainsi à mon tour, mais avec des variantes : Mami, Mya, Maya, Mamyta. Chaque syllabe de ce petit nom contenait sa charge de tendresse. Ça fleurait bon le musc de sa rassurante poitrine, ses rires en cascade et les baisers sonores qui laissent sur vos joues une si belle empreinte.

Si par malheur ma mère m'avait surprise dans cet état, debout face au miroir, sur un tabouret bancal dans la salle d'eau, la gandoura retroussée dans ma culotte, le visage maculé de péché écarlate, cela aurait été la fin du monde : une volée de bois vert dans les règles de l'art, ponctuée de cris et de lamentations à n'en plus finir, et puis, et surtout en guise de dessert, la promesse que je redoutais par-dessus tout : « Tu ne perds rien pour attendre l'arrivée de ton père ! »

Je n'aimais pas mon père. Je n'aimais pas le sang de ses yeux quand la colère s'en emparait. Ce n'était pas tant les coups qui m'effrayaient mais le reste... Je haïssais l'obscurité de sa chambre, son haleine, sa barbe piquante, ses mains monstrueuses... et le reste. Tout le reste.

2

Chez les artistes dont le corps est un outil de travail, la beauté n'est pas forcément indispensable. Difficile de qualifier Mamyta de houri. Si l'on observe en détail les traits de son visage, on peut affirmer sans risque d'être contredit qu'en termes d'esthétique, nous sommes en deçà de la moyenne nationale. Ses yeux en vrilles surchargés de rimmel, son nez court et busqué, sa gigantesque bouche ourlée de lèvres charnues, et son tatouage à l'ancienne sur le front et le menton ne peuvent en aucun cas appartenir à une odalisque. Loin s'en faut. Cependant, l'ensemble de ces traits réunis dans une même figure habitée par la joie forme un tout harmonieux des plus plaisants. Si l'on ajoute à cela sa dentition en or massif, dégageant des feux d'artifice au moindre éclat de rire, ses cent kilos de chair laiteuse compressés dans un caftan en satin, son allure féline où chaque partie du corps semble autonome, désarticulée, comme détachée du reste, on peut aussi affirmer que cette créature au grain de beauté sur la joue a incontestablement du chien.

En vérité, il existe deux faces de Mamyta a priori contradictoires : celle de la ménagère transparente que vous pourriez croiser le matin dans une artère adjacente à la rue du Pardon, au souk, avec son panier en doum, ou simplement en promenade sur la Grand-Place, puis il y a l'autre, celle de la diva en caftan scintillant qui vous troublera le soir d'un mariage, d'une circoncision ou dans l'une de ces soirées privées que les hommes, mélancoliques, évoquent à demi-mot sur la terrasse d'un café.

Pour avoir passé mon enfance et une partie de mon adolescence auprès de Mamyta, j'ai eu le privilège d'assister au miracle de ces métamorphoses. D'abord en tant que spectatrice ordinaire, ébahie, comme peut l'être une enfant devant un tam-tam bariolé un jour de fête, puis, plus tard, en première loge, lorsqu'elle me fit la grâce de m'engager dans sa troupe pour me sauver de ma famille...

Une drôle d'histoire que la mienne. Improbable et tragique, comme le sont souvent les histoires de chez nous. Mais patience ! Je vous la conterai si vous me faites la grâce de votre indulgence. Mon récit épousera par moments des chemins déroutants. S'il vous arrive de vous y perdre, un rai de lune surgira du néant pour vous indiquer la sortie… Mais je doute fort que vous ayez envie de quitter mon labyrinthe. Vous prendrez goût à la liberté de ma fantaisie, à mes caprices, à quelques situations imprévisibles qui, je l'avoue, me surprennent moi-même. N'y voyez là ni malice ni vanité, je dis simplement que ceux qui s'y sont aventurés naguère n'en sont jamais ressortis. Un lacis de fibres sensibles les y retient prisonniers… une douce arantèle où, envers et contre tout, il fait si bon se débattre…

Je vous parlais donc de cet instant magique où Mamyta la chenille se mue en papillon voletant autour de la lumière. C'était le temps de mes premiers pas dans le métier. J'avais quatorze ans mais en paraissais bien davantage. Mamyta prenait soin de me farder elle-même, flattant mes yeux d'un trait de khôl tiré jusqu'aux oreilles, égayant mes joues d'une crème à base de cochenille et, pour couronner le tout, elle saupoudrait une poignée d'étoiles dorées sur les boucles de ma chevelure. La petite frondeuse de la rue du Pardon se transmuait soudain en princesse ; une artiste accomplie, étincelante et raffinée, se détachant, comme le jour de la nuit, de mes concurrentes. Les jumelles qui m'avaient précédée dans la troupe nourrissaient à mon égard une jalousie féroce, tant l'affection que me portait leur mère les insupportait.

Pourtant, de la tendresse, Mamyta en avait à revendre. Le fait de m'aimer ne diminuait en rien l'amour qu'elle portait à ses filles. En témoignent les regards de soutien qu'elle posait sur chacune de nous pendant le spectacle. J'aimais la voir sourire quand je prenais l'initiative de m'élancer sur la table ronde. Je dansais pour elle. Pour elle seule. Rien n'existait alors entre mon corps électrisé et le magnétisme de son regard. J'imitais ses gestes, ses œillades assassines, sa façon de fouetter le sol avec sa chevelure quand le diable prenait possession de son corps. Et, tandis que les tambourins et les crotales s'enflammaient, je prolongeais l'écho de ses chants lancinants, ses complaintes joyeuses. Je voulais tant lui ressembler. Mieux, je voulais être elle. Me défaire de ma condition de mortelle, me couler dans cet habit de lumière qu'elle revêtait en foulant la scène.

Une entrée magistrale où tout est étudié, mesuré, pesé, où chaque détail a son importance. Entourée de ses musiciens et danseuses comme d'une garde rapprochée, le pas lent, les reins cambrés, le regard tourné vers les étoiles, elle apparaissait enfin devant un public acquis, impatient, trépignant. À peine levait-elle la voix que l'hystérie devenait collective. Cette voix rauque, cassée sans doute par des douleurs anciennes, retentissait, inondant le patio et, à travers les haut-parleurs érigés vers le ciel, le quartier tout entier. Debout, conquérante, les bras ouverts, lascifs telles les branches d'un cèdre invitant les moineaux à une parade amoureuse, elle entonnait des chants où grivois et sacré s'entremêlent, lâchait la bride à ses démons pour se jeter quasi inconsciente dans la mêlée. Alors la houle s'empare de sa chair, emprunte le chemin des frissons, atteint le bas-ventre qui se redresse, avale le nombril et se relâche lentement comme se meurent les vagues. Et les ondulations reprennent, deviennent contagieuses, gagnent les convives qu'elles entraînent dans un roulis fiévreux.

Les maris sont de la fête, ils couvrent les femmes de billets, plus l'argent fuse, plus le rythme s'emballe, s'accorde aux battements des cœurs et fait bouillir le sang. Les épouses ne sont plus des épouses. Elles chantent et rient à gorge déployée. Elles vibrent comme nous, les professionnelles qu'elles singent en se voulant sensuelles ; mais elles sont gauches, presque vulgaires. Non pas cette vulgarité affectée dont nous jouons à plaisir, mais la vraie, suggestive et crue, celle qui hurle à la frustration sexuelle. Alors nous jouons, encore et encore, faisant éclore leur irrépressible envie de nous ressembler... d'épouser au grand jour nos mœurs légères et dissolues...

Un soir, retirée dans les coulisses après son tour de chant, tandis que les musiciens prenaient le relais, Mamyta me fit la réflexion suivante en observant la salle en transe : « Regarde, ma fille, regarde ces femmes qui dansent, elles sont si heureuses... Je ne vois ni mères, ni tantes, ni sœurs, ni cousines... Elles sont toutes des amantes... Tu vois, j'ai le pouvoir de les sortir un moment de leurs petites vies et d'en faire d'éblouissantes dulcinées... même si, dans mon dos, ces garces me traiteront de putain ! »

3

Pour me consoler du comportement intempestif de ma mère, Tante Rosalie m'avait expliqué un jour que mon apparence de roumi jetait un trouble sur le passé de sa sœur. Colporté par ma blonde chevelure, un soupçon de péché la poursuivait depuis ma naissance, lui empoisonnant l'existence. Je restais donc, bien malgré moi, l'incarnation vivante d'une faute hypothétique. Encore que, selon Tante Rosalie qui n'avait pas pour habitude de mâcher ses mots, Mère était loin d'être une sainte à vingt ans. Quoi qu'il en soit, les voisines que l'on croisait dans la rue avaient leur opinion toute faite sur la question. Elles se plaisaient à remuer le couteau dans la plaie en me dévisageant : « Mais de quelle planète nous est tombé ce joyau, ma chérie ? » demandait l'une. « De la vallée où fleurissent les toisons d'or, n'est-ce pas la gazelle ? » assenait, goguenarde, une seconde. Le sang de ma mère ne faisait qu'un tour : « Allez-vous promener dans le Moyen Atlas ! rétorquait-elle, vous y verrez des villages entiers foisonnants de mômes identiques à la mienne ! » « En effet, persiflait d'un air jouissif la plus hargneuse, les Nazaréens nous ont laissé de merveilleux souvenirs ! » Mère renonçait à la lutte inégale contre cette meute de crocodiles et passait son chemin en maugréant.

Mais, au bout du compte, c'était moi qui en faisais les frais. Le vendredi, au hammam, j'avais droit à ma dose hebdomadaire de henné sur les cheveux. L'odeur âcre de cette plante me collait à la peau. Je puais la cul-terreuse, la boniche fraîchement débarquée de sa campagne. Ce calvaire, je l'ai supporté longtemps. Très longtemps. Être la seule rouquine du quartier faisait de moi une cible de choix. Mes camarades y déversaient leur cruauté, m'attribuant tous les noms d'animaux ayant été affublés par le Ciel d'une robe rousse. Tant qu'il s'agissait de vache, de chèvre, de renarde ou d'écureuil, ça allait, mais je pestais lorsqu'ils singeaient la guenon fauve en lançant des cris bizarres ; ils se roulaient par terre et se relevaient en sautillant, se grattant le crâne et les aisselles. Non, rien ne m'était épargné.

Il m'arrivait de rentrer en pleurs à la maison sans que Mère manifestât le moindre signe de compassion. Elle restait de marbre. Je tentais en vain de l'apitoyer sur mon sort. Si par malheur je poussais au noir un peu trop, une claque traîtresse me ramenait vite à la raison. Venaient ensuite ses justifications boiteuses : « Une fille racée a bien plus de chances de trouver un mari qu'une bâtarde ! » Elle comparait ensuite mes boucles fadasses aux frises de Pipo, le caniche de Mme Lamon, patronne du Palace où travaillait Grand-Père.

Parler de Grand-Père sans verser une larme m'est difficile. D'ailleurs, je ne cherche nullement à la réprimer, cette larme, tant la joie et la nostalgie qui s'y mêlent m'apaisent et me réconfortent. Tendre, attentionné, généreux, Grand-Père était le meilleur des hommes. Petite, je le voyais haut comme un minaret. Mais, en réalité, il n'était pas si grand. Filiforme, de taille moyenne, le visage affable composé de traits réguliers : des yeux rieurs suintant la malice, un nez aquilin et, barrée d'une moustache hirsute, sa bouche aux lèvres fines ne s'ouvrait que pour prononcer des gentillesses. D'après Mamyta, qui devenait philosophe le soir après quelques verres de *Mahia*, son eau-de-vie préférée : « Il est des êtres ainsi, ma chérie, où tout est miel, joie et quiétude. Des familiers *des voies de la perfection* qu'ils ont sillonnées des vies durant avant d'accéder à la lumière des élus. À la surface de leur être affleure une âme d'une limpidité si engageante que s'y noyer est un enchantement... Ton grand-père est de cette race-là. Tout comme il en existe d'autres où tout n'est qu'orties, épines et obscurité, une engeance qui vit dans les abîmes de nos bestialités, et dont la noirceur de l'âme déteint sur leur sinistre figure... »

Quand elle était ivre, Mamyta se mettait à parler comme Zahia, son amie de toujours, cartomancienne de son état, régulièrement accusée de sorcellerie dans la rue du Pardon. Cependant, d'une manière ou d'une autre, les femmes du quartier finissaient toutes par frapper discrètement à sa porte pour la consulter. Zahia et Mamyta s'en amusaient. L'une comme l'autre, et pour des raisons différentes, étaient à la fois honnies et appréciées. Mais en réalité, elles étaient surtout craintes ; Mamyta pour sa langue de vipère, capable de colporter les pires ragots de fête en fête, et Zahia pour ses amulettes maléfiques dont les dégâts étaient de notoriété publique.

En fait, Grand-Père n'était pas mon aïeul à proprement parler. Dans une vie antérieure, si invraisemblable que cela puisse paraître, il a été l'époux légitime de Mamyta. Absolument, comme vous l'entendez ! M. Omar le portier du Palace et Serghinia la jeune danseuse ont été mari et femme vivant sous un même toit dans la rue du Pardon. Ils n'ont pas eu d'enfants ; les jumelles viendront plus tard d'un second mariage qui avait fini aussi par se défaire. Enfin, tout cela est de la vieille histoire.

Bien de l'eau a coulé sous les ponts depuis leur séparation, due à des vies incompatibles : lui travaillait le jour, elle la nuit. Lui passait ses journées au calme devant une porte statique, ne s'ouvrant que pour laisser passer quelques touristes nonchalants, elle, des nuits endiablées sous les projecteurs, baignant dans la grâce, le désir et la furie. Deux mondes se tournant le dos, mais qui, à certains égards, pouvaient se révéler complémentaires. L'aventure ne dura pas plus de trois années, sans doute les plus belles, les plus sulfureuses, les plus flamboyantes dans la vie de Grand-Père. Cependant, à l'inverse des couples divorcés, eux n'étaient pas devenus ennemis. Ils ne s'étaient pas déchirés, ils n'avaient pas laissé la haine leur empoisonner le cœur. Au contraire, leurs liens s'étaient renforcés au fil des ans. Pas un jour ne passait sans

que M. Omar s'arrêtât chez Serghinia pour la saluer et s'enquérir de ses éventuels besoins domestiques : une course au marché par-ci, changer une ampoule par-là, déboucher un lavabo... il était le roi du bricolage.
En vérité, son unique aspiration était de continuer à exister dans l'ombre de sa diva. Je le voyais à la façon béate dont il la regardait, à son empressement à lui allumer ses longues cigarettes américaines aux filtres dorés ; lui qui ne fumait pas et portait un briquet exclusivement réservé à cet effet. Mamyta en était parfaitement consciente, et c'est pourquoi elle sollicitait donc très souvent *son aide précieuse*. « Que serai-je sans toi, Sidi Omar ? » s'exclamait-elle. C'est Dieu tout-puissant qui t'a mis sur mon chemin...
Grand-Père était aux anges ! Il empruntait une brouette et transportait avec joie le blé au moulin, il surveillait l'opération attentivement et rapportait la farine à la maison. Puis il s'affairait à réparer ceci ou cela, se proposait d'emporter le pain au four ou de le rapporter. Son action d'éclat consistait surtout à égorger la volaille que Mamyta élevait sur la terrasse. Une vraie basse-cour remuante aux désagréments de laquelle on avait fini par s'habituer. L'égorgement m'épouvantait, mais j'assistais quand même à l'horrible scène. Les yeux écarquillés,

nous étions une ronde d'enfants à frissonner au spectacle. Dans un combat perdu d'avance, le coq immobilisé sous les pieds du vieil homme lançait des cris de désespoir. Après une courte prière, Grand-Père glissait son index dans le gosier du condamné, sortait le couteau et, d'un geste vif et précis, faisait gicler le sang sur nos sandales en plastique. Je m'enfuyais dès que la bête ressuscitait. Dans un élan ultime d'orgueil, elle se dressait sur ses pattes et exécutait une danse macabre. Un nuage de poussière s'élevait tandis qu'elle se cognait contre le mur ou la porte des voisins, la tête pendue en arrière telle la capuche d'un burnous.

Portier en chef d'un hôtel prestigieux dans la ville nouvelle, Grand-Père, que les gamins alentour surnommaient le Général en raison de son uniforme grenat, ses galons à franges et sa casquette jaune canari, ne passait pas inaperçu dans la rue. Nous reconnaissions de loin sa démarche martiale, contrastée cependant par la présence du caniche que lui confiait souvent Mme Lamon. Dès que je l'apercevais, je me ruais dans sa direction. D'un seul bras, il me happait et me soulevait haut dans le ciel, de l'autre, il tenait Pipo dont la queue frétillante attestait le bonheur de retrouver l'effervescence de la médina. Au grand dam des marmots jaloux, il traversait la longue rue étroite, serrant deux bestioles heureuses contre sa poitrine.

Mme Lamon lui confiait la garde de son caniche lorsqu'elle s'en allait faire ses cures thermales à Moulay Yacoub. De tout le personnel de l'hôtel, il était le seul à lui inspirer confiance. Elle savait qu'il prendrait soin de son *bébé* pendant ses absences ; lesquelles devenaient de plus en plus fréquentes à mesure qu'elle vieillissait. Grand-Père passait vite notre impasse, car Mère refusait catégoriquement que le *clébard* approchât le seuil de sa maison. Elle disait que les anges fuient les lieux fréquentés par les chiens.

De pareilles inepties faisaient rire Mamyta qui nous accueillait volontiers Grand-Père, Pipo et moi. Nous passions des après-midi délicieux à la regarder coudre, broder, médire et fumer. Les voisines et leurs progénitures en prenaient pour leur grade. Par je ne sais quel miracle, elle parvenait à s'immiscer dans l'intimité secrète des gens. Elle connaissait le nom de la fille qui venait de perdre son pucelage, l'identité du coupable, le lieu et l'heure du crime... elle savait qu'untel avait fait faillite, l'ampleur du désastre et le nom de la personne qui lui avait jeté un sort, que tel autre déplorait le deuil d'un parent lointain... ça n'arrêtait pas. Nous restions là, Grand-Père, Pipo et moi, suspendus à ses lèvres, nous délectant du thé à la menthe abondamment sucré, des gâteaux à la pâte d'amande enrobés de miel et, surtout, savourant les commérages piquants qu'elle jurait tenir de source plus que certaine... Pipo aussi avait droit à son bol de lait. Une vraie star, ce caniche. Avec son collier en cuir clouté où pendait une médaille en cuivre, ses deux taches marron sur la mantelure et ses boucles charmantes derrière lesquelles disparaissait son museau, il était irrésistiblement craquant.

Mme Lamon ne se trompait guère en en confiant la garde à Grand-Père. Il en prenait soin comme s'il se fût agi de l'enfant qu'il n'avait jamais eu. Après les remparts qui séparaient la ville nouvelle de la médina, Grand-Père le serrait dans ses bras, disant que cette délicate créature n'était pas conçue pour la pierraille, les bouches béantes des caniveaux, les poubelles éventrées que mendiants et chats de gouttière se disputaient la nuit. La crasse, la ferraille et les verres brisés qui jonchaient nos ruelles risquaient de blesser ses coussinets fragiles. D'un pedigree aristocratique, Pipo n'était né que pour les douceurs du monde : musique légère, flatteries, mets fins, tapis de haute laine, coiffures précieuses, et surtout le carrare rutilant du vaste hall du Palace... Que Dieu me pardonne, j'aurais volontiers échangé ma vie contre la sienne. Recevoir une nourriture spéciale, cuisinée exclusivement pour moi. Être toujours et partout accueillie par des sourires, des caresses et des mots doux. Être la vedette bénie des dieux, aimée et choyée du matin au soir... Mais n'est pas Pipo qui veut.

4

Ah ! Grand-Père, sans Mamyta et toi, je n'aurais pas survécu au chaos de mon enfance, aux cris que le déni étouffe, aux douleurs interdites, aux échos qui s'éteignent au loin, drainant les souvenirs rances, les haleines fétides, l'écume des mots sales et l'ombre des mains monstrueuses qui vous agrippent les cheveux, qui vous enfoncent le visage dans le crin d'un oreiller moite de sueur... Dieu que je hais ces égouts de la mémoire où se vautre l'infamie, ces recoins obscurs que le crime a choisis comme territoire... Sans ton amour, Grand-Père, j'aurais succombé aux avances de la faucheuse, à ses chants de sirène, aux murmures qui s'amplifiaient quand je cessais de respirer, et qu'il ne tenait qu'à moi de ne plus revenir... Du haut de ma bulle flottante et malgré la pénombre, je percevais un corps chétif gisant sous une masse informe. Il a peur. Il tremble. Sa voix s'est éteinte. Ses cris ne sont plus des cris, mais des râles à peine audibles, impuissants. Il ressemble à ces moineaux que l'on retenait prisonniers la journée entière dans nos mains d'enfants, et qui, à la nuit tombée, finissaient par mourir d'étouffement ou de chagrin... Ah ! Grand-Père, sans les bras que tu me tendais à ton insu, sans le râtelier qu'exhibait en permanence ton sourire, sans ce regard mouillé de tendresse que tu posais sur mes tourments, j'aurais abdiqué, tu sais, à tout jamais ! J'aurais démissionné de ma peau ; j'aurais brûlé mes rêves sur la place publique. Et, autour des flammes, à la façon de Mamyta les soirs de transe, j'aurais fait trembler le sol de mes talons et de ma rage, j'aurais dansé et dansé encore, jusqu'à ne plus pouvoir tenir sur mes jambes, jusqu'à la délivrance de la chute. Et là, étendue par terre, le regard dans les étoiles, j'aurais vu partir ce corps tel un fétu pris dans le tourbillon des anges déchus, ses semblables.

Tu vois, Grand-Père, je me prends à parler comme les griots de la Grand-Place ; ce lieu magique où je me réfugiais quand Mamyta s'en allait en voyage et que la peur m'habitait de nouveau. Sans vous deux, j'étais perdue ; l'air devenait irrespirable et la rue du Pardon étroite et dangereuse. Le bouillonnement de la Grand-Place me rassurait : le vacarme, la musique, la fumée, les bicyclettes, les calèches, les marchands ambulants, les vendeurs de cigarettes au détail, les restaurateurs, les pickpockets et les policiers qui les traquent... Tout un monde où, curieusement, je me sentais en sécurité. J'y passais la journée entière, traînant d'un spectacle à l'autre, éblouie par les prouesses des artistes. Du dompteur de pigeons au médecin des insectes, du maître des singes savants au contorsionniste, des acrobates aux charmeurs de serpents... Seul le conteur parvenait à me retenir pendant des heures, parce que ses histoires ne se terminaient jamais.

À dix ans, mes escapades solitaires cessèrent, les rondes de la Grand-Place devenant périlleuses pour les jeunes filles en proie aux *pointeurs* ; des énergumènes qui s'en prennent à votre croupe, y collant et y frottant leurs sexes raides.

L'éloquence des conteurs me fascinait. Je retrouverais plus tard leurs frères chez les poètes anonymes que Mamyta chantait, et dont, jour après jour, elle m'inculquait le sens, la profondeur et les trésors infinis qu'ils recelaient.

Me voilà, Grand-Père, dans ce cimetière où tu reposes. Ce triste enclos laissé à l'abandon, envahi de ronces, de vendeurs de figues sèches, de mendiants puant le suint, ou de liseurs de Coran qui ânonnent des versets macabres sur la fin du monde. Ils se ruent tels des rapaces sur les rares visiteurs affaiblis devant les tombes des leurs. La douleur les attire comme le sang attire les vampires. Ils se veulent intercesseurs entre le mortel que vous êtes et le Seigneur, exhibant les clés du paradis dont ils se croient détenteurs, pourvu que vous leur jetiez une pièce. Moi, ils ne m'approchent pas. Depuis le temps que je viens me recueillir sur ta tombe, ils ont appris à me connaître. Ils savent que je ne leur donnerai pas un sou. Profiter de la faiblesse des gens me répugne... Quoi, tu me trouves méchante ? Non, Grand-Père, je ne fais que me défendre. D'ailleurs, tu y es pour beaucoup dans cette affaire. Tu m'as appris à rendre les coups. À ne pas me taire. Sans toi, je n'aurais sans doute jamais quitté les miens, adolescente...

Je me souviens encore de cette phrase que tu aimais répéter : « Ma petite, un rien arrange, et un rien détruit. »
Je crois que la bonne ou la mauvaise fortune reposent sur ces riens qui, je le sais à présent, font basculer les choses du bon ou du mauvais côté. C'est selon. La couleur blonde de mes cheveux en est une belle illustration. Si Mère en

avait fait la cause première de son désespoir, Père, lui, s'en était servi pour bâillonner sa conscience, car, face à l'ignominie, fermer les yeux ne suffit pas. La rumeur liée à cette couleur avait fini par semer la haine et la violence dans notre demeure. Une couleur qui aurait été anodine ailleurs, un détail futile, un rien, fut pourtant à l'origine de l'histoire que j'ai décidé de vous raconter aujourd'hui. Mon histoire.

Je m'appelle Hayat. En arabe, cela signifie « la vie ». Voyez-vous ça ! J'étais « la vie » à moi seule, avec sa fraîcheur, sa lumière et ses promesses. En vérité, les enfants de la terre devraient tous porter le même prénom que moi. Ceci pour rappeler aux adultes que le dernier des marmots qui court pieds nus dans la rue du Pardon est un monde à lui seul. Un monde d'une richesse infinie, complexe, imprévisible, inconstant parfois, mais d'une extrême fragilité.

J'ai dû naître sans cheveux car je n'ai pas le souvenir de blessures anciennes. Mère avait dû aimer le bout de pâte blanche qu'elle venait d'enfanter. Pour m'avoir baptisée de la sorte, elle avait dû nourrir de grandes ambitions à mon endroit. La drôle de créature qui gigotait sans cesse portera un prénom qui la dépasse. Tu t'appelleras la vie, mon enfant. Tu seras l'ombre et la lumière, l'eau, le feu, le ciel criblé d'étoiles, la lune muette et Sa Majesté le Soleil. Tu seras le fruit mûr, le sourire de l'ange, la brise des soirs d'été et les saisons capricieuses. Tu seras le fluide qui naît de l'étreinte des amants, la caresse du papillon à l'orée d'un baiser, tu seras le parfum entêtant des belles-de-nuit devenues insomniaques, tu seras, tu seras, tu seras...

Je ne fus rien de tout cela. La belle promesse de mon prénom se dilua dans un petit nom moins glorieux. Hayat devint très naturellement Houta, qui signifie poisson. La vie dont je pouvais m'enorgueillir fut emportée par un insaisissable poisson. Mais tout n'était pas perdu. De ce poisson j'appris que le salut est dans la fuite ; j'appris l'art de me planquer quand ça sentait le roussi, j'appris aussi à prendre le large quand les êtres humains devenaient des animaux.

J'ignore si l'image du bébé poisson frétillant dans un couffin est réelle ou seulement imaginée par l'artiste qui flotte dans sa bulle. Comment un tel dédoublement aurait-il été possible ? Être à la fois le sujet du tableau et l'observateur. J'ai pourtant la certitude de m'être vue bébé dans mon couffin molletonné, drapé de lin blanc. Je me souviens comme dans un film des yeux noirs de Tante Rosalie se penchant sur ma bouille et répéter ce qui allait devenir la croix de ma mère : mais quelle merveille ce petit ange du Nord !

Voilà, l'expression était lâchée. Elle fera le tour du quartier telle une traînée de poudre, épousant toutes les formes du cynisme. La malveillance des voisines atteignait son comble en cas de chamaillerie. Je me retrouvais alors en première ligne pour déstabiliser ma mère. L'ange du Nord était son point faible. L'arme fatale que les mégères utilisaient pour l'anéantir et qu'elles tournaient et retournaient dans la plaie jusqu'à la reddition totale. À « l'ange du péché » succédait « la bâtarde du Nord », ou encore « le déchet des roumis » et mille autres insultes que je n'ose pas répéter. Et comme toujours, en rentrant à la maison, Mère se défoulait sur ma personne. Les claques fusaient sans raison. Parfois, elle me mordait si fort que j'en gardais longtemps les traces. Elle ne devait pas être dans son état normal pour me battre avec autant de hargne. N'importe ! Je m'évanouissais quand ses yeux rouges se confondaient avec ceux de Père. Certains soirs, il m'enfermait dans sa chambre pour me punir et m'aimer à la fois. J'aimais m'évanouir car je ne ressentais plus rien. Ni la douleur. Ni les mots qui devenaient comme des chauves-souris accrochées à ma chair.

Parfois, en reprenant conscience, je me retrouvais blottie dans les bras de ma mère. Elle me serrait tendrement et pleurait comme une enfant.

5

Aïda et Sonia étaient des pestes. Elles sont nées pestes. Et elles mourront sans doute de la même façon qu'elles ont vécu. Petites, leur méchanceté se limitait à des bousculades, à des injures hérissées de blasphèmes, et parfois ça dégénérait en bastonnades quand Mamyta s'absentait de la ville. Cela arrivait souvent, car la diva était réclamée aux quatre coins du royaume. Les jumelles en profitaient pour me chercher des noises. Je les voyais venir de loin et m'évertuais à les ignorer. Je me refusais d'entrer dans leur jeu car j'en connaissais la pénible issue. Mais leurs provocations ne s'arrêtaient pas, les insinuations se précisaient, s'aiguisaient en mots crus et blessants, s'enfiellaient jusqu'à devenir insupportables. Survenaient alors l'empoignade, puis l'inéluctable crêpage de chignons ponctué de cris, d'insultes et de crachats. Tétanisée au milieu du patio, la vieille bonne Hadda assistait au spectacle sans pouvoir réagir. Les jumelles la terrorisaient, elle aussi.

Cependant, même à deux contre une, je parvenais à les tenir en respect. Mieux, j'occasionnais de sérieux dégâts sur leurs figures hideuses : je me focalisais sur une seule proie et plantais mes griffes dans sa chair, je la mordais et lui arrachais des touffes de cheveux, tout en laissant l'autre se défouler à sa guise sur mon dos, ma nuque et mes fesses. Un choix comme un autre. Grand-Père qui parlait comme Mme Lamon disait qu'il ne fallait pas courir deux lièvres à la fois. Alors je peux vous dire que celle qui tombait entre mes mains passait un mauvais quart d'heure. La nature m'ayant doté d'une force de garçon, je cognais comme les garçons. En vérité, nul ne sortait indemne de ces rixes dont je garde encore aujourd'hui quelques vestiges.

Durant cette période, je traînais constamment un œil au beurre noir, une bosse sur le crâne, des griffures ici ou là. Mère se gardait de me gronder parce que lesdites blessures pouvaient parfaitement être son œuvre propre ou celle de Père. Seule Mamyta s'en préoccupait lorsqu'elle dessaoulait le lendemain. En ouvrant péniblement les yeux, elle posait ses mains sur ses joues en me dévisageant : « Qu'est-ce qu'elles t'ont encore fait, ces vipères ? » Je baissais la tête et lâchais une petite larme ; un peu théâtrale, certes, mais elle avait son importance en cas de punition. Cela dit, Mamyta avait beau sévir, cela ne changeait rien à la rancœur de ses filles. Les amadouer n'avait pas servi à grand-chose non plus. Elle avait essayé de leur expliquer à demi-mot le calvaire que j'endurais, mais les jumelles n'en avaient cure. Elles continuaient à me trouver encombrante dans un espace supposé leur appartenir. Seul Grand-Père parvenait à instaurer une trêve entre nous. Ses arguments étaient imparables : pois chiches grillés, chewing-gums, caramels. Et ces chocolats du Palace qui fondaient dans la bouche, libérant un sirop exquis, une de ces douceurs célestes que Dieu nous réserve au paradis. « Elle vient plutôt de l'enfer, cette liqueur », persiflait Mamyta, le sourire en coin en nous regardant déguster le péché. Mais Grand-Père posait au préalable des conditions strictes : il fallait nous embrasser mutuellement et promettre d'arrêter une fois pour toutes ces disputes imbéciles. Alors nous sortions de nos tripes dieux et prophètes, jurions sur tous les saints que la paix serait durable et définitive. Nous étions prêtes à tout pour un cornet de *grain de soleil,* ces pépites légèrement salées au goût unique. Nous en raffolions. Une sympathie soudaine s'installait entre nous. Mais elle était bien éphémère ! Au premier signe d'affection de Mamyta à mon égard, les revoilà basculant dans une rage noire. Elles reprenaient la hache de guerre, écarquillaient leurs yeux de sorcières et se remettaient à me harceler.

En vérité, Mamyta portait sa part de responsabilité dans notre discorde : elle n'avait de cesse de nous comparer en me prenant pour modèle : « Redressez-vous ! Vous n'êtes pas des bossues, prenez exemple sur Hayat... Mais elles sentent le bouc, n'est-ce pas Hayat ?... » Elle n'arrêtait pas. Ajoutées à cela leur paresse naturelle, leur allergie au ménage et à la cuisine, et me voilà devenue l'ennemie à abattre. Lorsque Mamyta s'installait derrière la machine à coudre (une Singer de premier choix, noir et or, d'où ressortaient de splendides gandouras, chemisiers, nappes, taies d'oreiller et mille autres merveilles), les jumelles s'éclipsaient pour ne pas assister leur mère.

Ce qui n'était pas mon cas. Au contraire, je proposais volontiers mes services. Je prenais place près de Mamyta et passais l'après-midi à tourner la manivelle avec une dextérité de professionnel. Je suivais avec attention ses gestes, le sens de la couture, je ralentissais quand le tissu s'épaississait au niveau des ourlets, puis accélérais en ligne droite. Nul besoin d'indications, j'anticipais ses demandes et démarrais au quart de tour comme si je lisais dans ses pensées.

J'aimais ces réunions de femmes issues d'horizons différents. Certaines étaient riches, d'autres pauvres. Toutes prenaient les retouches de leur lingerie comme prétexte à entendre Mamyta et son humour ravageur, ses potins inédits d'une savoureuse méchanceté, ses blagues salaces dont l'épicentre se situait en dessous de la ceinture, et qui transformaient le salon en véritable volière ; ça jacassait et riait aux éclats, ça se tapait sur les genoux, ça se couvrait le visage avec les pans des caftans... Des moments de grâce où le thé à la menthe coulait à flots, où Hadda passait et repassait avec son plateau bondé de gourmandises : briouates enrobées de miel, cornes de gazelle, bracelets aux amandes... et une infinité de confiseries parfumées à la fleur d'oranger. Les voisines s'en donnaient à cœur joie. Cela explique sans doute leur impériale anatomie, leurs triples mentons et les bourrelets dégoulinant en cascade de leurs flancs.

Tante Rosalie était l'amie d'enfance de Mamyta, elle ne manquait pour rien au monde ces joyeuses rencontres. Sa présence me donnait l'impression de vivre encore à la maison, tant elle ressemblait à ma mère ; enfin, les rares fois où celle-ci souriait. La voyante Zahia n'était pas en reste, son postérieur, gros comme un ballot avec les jumelles dedans, aurait fait pâlir de jalousie les mammas africaines. Une question nous tarabustait : comment diable parvenait-elle à tenir debout sans basculer en arrière ? S'appuyant sur la logique, Grand-Père affirmait que les deux pastèques qui lui servaient de poitrine y faisaient contrepoids. Une question d'équilibre, voilà tout. Zahia en riait de bon cœur en se dorlotant les doudounes. Cela dit, une fois assise, elle était incapable de se relever. La vaillante domestique Hadda s'en chargeait discrètement.

Bien qu'elle fût un pilier de notre salon, le temps de la voyante était partagé entre nous et les fantômes alentour : elle passait des heures à tirer les cartes pour des clients invisibles ; des djinns désespérés venant eux aussi la consulter. Des soliloques obscurs, des mouvements circulaires de la main au-dessus des cartes, un index tapotant le cavalier, la reine ou le roi... toute une chorégraphie mystérieuse qui nous intriguait autant qu'elle nous amusait. Une carte tombée à l'envers ou associée à une seconde qu'elle jugeait néfaste, et la métamorphose était immédiate. Son visage se fermait par un entrelacs de rides, ses traits se déformaient sous la broussaille de ses sourcils froncés, et elle devenait méconnaissable.

Elle me rappelait Grand-Père quand les gamins du quartier lui manquaient de respect, ou bien éclaboussaient notre honneur. Le Général renonçait à ses galons, à ses manières aristocratiques héritées du Palace, et devenait un simple troupier, un deuxième classe, réduit à ramasser des cailloux pour les lancer sur ces voyous… Ses insultes s'imprégnaient aussi des couleurs locales, celles de la lie et du moisi de la rue du Pardon. Je n'aimais pas ça, mais je me montrais solidaire. Je lançais au ciel tout ce qui me tombait sous la main. Grand-Père accourait vers moi et me prenait dans ses bras pour me protéger des projectiles que nous renvoyaient les garnements. Son vieux visage était celui de Zahia quand les jumelles entraient au salon ; ces deux sauvages que les esprits accusaient de vouloir tuer leur mère.

Voilà, telle était notre cartomancienne : un monde à elle seule, loufoque autant qu'effrayant. S'il m'arrivait d'en rire, Mamyta me pinçait sous la table en me grondant des yeux. Déranger son amie dans ses escapades occultes était non seulement inconvenant, mais extrêmement dangereux pour l'inconsciente qui en est responsable. « Un djinn vexé et une grimace se fige à jamais sur la figure du coupable ! »

Si Mamyta acceptait de faire des retouches aux vêtements des voisines, il était exclu qu'elle prêtât à quiconque la seule machine qui existait dans la rue du Pardon. N'avait-elle pas déboursé une fortune pour la ramener de Ceuta, lui faisant traverser le pays du nord au sud pour arriver jusqu'à nous ? Quant à moi, et je le dis sans prétention aucune, j'avais l'honneur d'en être la gardienne attitrée. Ma mission consistait à veiller sur cette merveille que tous convoitaient. Je la bichonnais, l'astiquais, la dorlotais. Avec la burette d'huile, je graissais les bielles, l'engrenage. Je lustrais l'émail et lui réservais un traitement de reine.

Quoi qu'il en soit, ces après-midi autour du miracle Singer dans l'étroit et long salon de Mamyta étaient un régal. J'y retrouvais la chaleur et la paix qui me faisaient tant défaut. Que de souvenirs joyeux, de chants et de fous rires ! S'il m'arrive aujourd'hui de me plonger malgré moi dans le passé, seule cette période remonte à la surface, comme si le reste n'avait jamais existé. Comme si Mamyta et Grand-Père étaient ma seule et unique famille. Dans un instinct de survie, j'étais parvenue à effacer de ma mémoire les souvenirs sales et encombrants. Ceux qui m'empoisonnaient la vie et la rendaient insoutenable. Mais les ombres sournoises sont tenaces. Elles reviennent encore et encore me hanter la nuit, quand je baisse la garde. Elles inondent de chagrin mes yeux et mon cœur, puis se mettent à danser dans mes rêves, me renvoyant aux ténèbres des murs maudits. Je me vois alors sur un tapis mouvant. Toujours le même. Non pas celui que je croise dans les nuages quand je suis dans ma bulle, celui qu'empruntent les voyageurs des contes lointains. Non, ce tapis-là est fait de fibres vivantes. Je les sens grouiller sous ma peau. Ce sont des cafards qui m'emmènent vers le caniveau.

6

Il y a longtemps, Grand-Père nous avait conté le Palace et ses trésors avec tant de fantaisie, tant de minutie qu'il me semblait en connaître les moindres recoins, les motifs des tentures murales, les tableaux dans leurs précieux cadres ajourés, les fauteuils en cuir des alcôves, les bars baptisés aux noms des musiciens célèbres, les restaurants où en un tour de main vous changez de continent, la Chine côtoyant l'Italie, et le Liban à deux pas de la France. Je connaissais l'emplacement des hammams au sous-sol, des salles de sport avec leurs machines à torture, celles du centre de bien-être où peignoirs et chaussons blancs sont de rigueur, où les masseuses professionnelles, qui de Suède, qui de la kasbah voisine tout simplement, vous dispensent des soins corporels à l'huile d'argan, au baume oriental et autres onguents aromatiques. Je connaissais les suites royales où ont séjourné des célébrités… Je pouvais en parler comme si j'y avais vécu dans une vie antérieure, comme si Mme Lamon avait été mon aïeule ou bien qu'elle m'ait adoptée à la place de Pipo. Enfin, je me croyais incollable sur la question.

La première fois que Grand-Père m'emmena au Palace, je découvris un monde aux antipodes de celui que j'avais imaginé, une curiosité difficilement concevable dans la caboche d'un quidam des bas quartiers. Les limites de mon imaginaire s'arrêtaient au seuil de la féerie. Ma robe à fleurs confectionnée par Mamyta, le bandeau rouge et mes sandales en plastique détonnaient dans le feutre, la douceur et le faste alentour. Telle une fausse note dans une partition de maître, une mauvaise herbe transplantée dans le jardin d'Éden, je ne me sentais pas à ma place. Mes yeux écarquillés virevoltaient d'un objet insolite à l'autre : une statue en bronze, un plafond sculpté, une œuvre où des cavaliers brandissant des épées au milieu d'un champ de bataille semblaient vouloir surgir de la toile ; et plus loin, agenouillés devant une tente où se repose leur maître, des esclaves attendent, résignés, qu'on vienne leur donner des ordres… Comparé aux tapis de soie aux fleurages étourdissants étalés en enfilade, le tapis de prière dont les arabesques me fascinaient à la maison me parut soudain dérisoire ; ce sont des Qom, avait dit Grand-Père en me serrant la main, des merveilles tissées par le génie perse. Il me présentait à des inconnus en uniforme bleus dépourvus de galons. De simples soldats qui, par respect pour le général, m'embrassaient l'un après l'autre. Grand-Père précisait que j'étais sa petite fille préférée. Comme il n'en avait qu'une seule (parce qu'il détestait lui aussi les jumelles), ce n'était pas un gros mensonge. J'avais peine à le suivre, ses pas de géant m'obligeant à courir. Une chute est vite arrivée sur un sol aussi lisse, aussi rutilant de propreté. Le marbre de carrare recouvrait la vaste surface du hall au centre duquel trônait un lustre impérial, une prouesse humaine composée d'un million de losanges scintillant d'un éclat nacré : du cristal de Bohême, selon Grand-Père.

La fournaise de l'été s'était arrêtée net à la grande porte du Palace. Un doux printemps avait pris le relais, avec ses plantes verdoyantes, ses chants d'oiseaux, sa musique légère dont les harmonies, portées par des papillons invisibles, venaient vous chatouiller les oreilles. Évoquer par ici nos tambourins et crotales relevait de l'indécence, voire de la vulgarité crasse. Nous rejoignîmes le groupe qui nous attendait avec enthousiasme. Des hommes et des femmes bavardaient autour d'une table d'une surprenante longueur. Les habitants de la rue du Pardon pourraient y dîner côte à côte sans s'y sentir à l'étroit. Des plats garnis de petits ronds et carrés multicolores s'alignaient le long des nappes blanches, repassées avec soin. D'élégants serveurs passaient et repassaient avec leurs plateaux, offrant toutes sortes de boissons. J'eus droit à un grand verre de soda que je m'empressai d'avaler.

Pour fêter le départ de Grand-Père à la retraite, Mme Lamon avait convié l'ensemble du personnel à un banquet fastueux. Quarante-cinq ans de bons et loyaux services méritaient bien cela. Fidèle au poste, d'une ponctualité à toute épreuve, au garde-à-vous face à la porte qu'il avait ouverte et fermée des millions de fois, Grand-Père était une légende du Palace. Durant ces longues décennies, il en avait vu passé du monde, des plus humbles aux plus puissants. Les clients le connaissaient par son prénom, y compris *les grosses patates* assises çà et là, sirotant des boissons dans des verres aux formes bizarres. Grand-Père me les montrait des yeux, untel est ministre, tel autre directeur de banque, celui au nœud papillon est patron d'un casino... Ses amis prestigieux lui tapaient sur l'épaule et disaient des gentillesses, d'autres lui glissaient un petit billet dans la main en signe d'amitié.

Grand-Père en tirait beaucoup de fierté. Dès que je m'éloignais, il me suivait du regard. Il m'avait interdit de sortir au jardin où certains avaient pris place sous des parasols géants. Il se méfiait du bassin bleu que je lorgnais avec envie. J'étais contente de voir Pipo courir dans ma direction. Il m'avait reconnue et s'était précipité dans mes bras. Il sentait le Palace, lui aussi. Sa nouvelle coupe lui prêtait l'air des peluches qu'on voyait dans les vitrines de la ville nouvelle. Un coiffeur inspiré l'avait tondu à ras par endroits, tout en laissant les boucles envahir son crâne et son museau. Un pompon ridicule à l'extrémité de sa queue signait l'œuvre de l'artiste. Mme Lamon nous avait offert des friandises. Pipo et moi regardions les cadeaux joliment présentés, rehaussés de rubans multicolores. Grand-Père n'avait pas osé les déballer pour ne pas encombrer le hall de carton et de papier. La patronne s'était proposée de les lui faire livrer chez lui, ce à quoi il avait joyeusement acquiescé. Aussi m'avait-elle invitée à venir me baigner si je le souhaitais. J'ai fait un grand oui de la tête mais Grand-Père s'y était opposé, arguant que je ne savais pas nager.

Peu à peu, la foule s'était écoulée vers le jardin ; des groupes s'étaient formés par affinités, les cadres avec les cadres et les subalternes entre eux. Rires et blagues fusaient de toutes parts, traduisant la bonne humeur générale. Grand-Père était la vedette, ses collègues se l'arrachaient, évoquant à tour de rôle de vieilles péripéties, des anecdotes qu'il confirmait sans en avoir de réels souvenirs. Prenant place à une table du jardin où nous étions réclamés, Grand-Père s'était replongé dans le passé. Des palmiers obèses entouraient l'esplanade : des phœnix des Canaries, avait-il précisé, plus imposants et plus majestueux que les dattiers de la palmeraie. Des plantes odorantes grimpaient sur les façades, embaumant l'air que respiraient des roumis presque nus, allongés au bord de l'eau sous un soleil de plomb. C'était la première fois que je voyais autant d'eau réunie dans un seul endroit ; on aurait dit un pan de ciel bleu devenu liquide par la baguette d'un magicien ; des têtes blondes y flottaient au calme, avançaient à peine, suivies de quelques ondulations timides. Nous étions loin du bassin de la fontaine publique que nous appelions « piscine » ; un mètre carré de béton bordé d'une margelle lépreuse. On s'y baignait à tour de rôle quand la chaleur devenait insupportable. On jouait à s'éclabousser. On faisait des misères aux porteurs d'eau, coincés dans leur cerceau, un seau dans chaque main. Incapables de nous suivre, ils se contentaient de proférer des insultes en crachant de rage.

Grand-Père me grondait quand il me surprenait traînant avec les voyous de la rue du Pardon. J'avais cessé d'être leur souffre-douleur depuis qu'un bossu s'était installé dans une venelle voisine. Il avait pris ma place, cristallisant sur sa pomme tous les sarcasmes. Passés au second plan, mes cheveux blonds ne dérangeaient plus personne. Assener une claque sur la bosse du malheureux était devenu notre sport favori. Et je n'y allais pas de main morte, scellant de la sorte mon appartenance au camp des bourreaux.

J'ignore pourquoi cette fête-là avait eu autant d'importance dans mes souvenirs d'enfant. Était-ce en raison de ce premier contact avec un monde auquel j'aspirais ? Peut-être. En tout cas, trente ans plus tard, je continuais à avoir la gorge serrée en pensant à l'émotion de Grand-Père lorsque Mme Lamon avait prononcé son discours ; un hommage vibrant détaillant ses hauts faits, son dévouement, sa vigilance à veiller sur la sécurité et la tranquillité des clients, son flair à débusquer les pickpockets et les faux guides, sa légendaire amabilité, et puis, et surtout, sa fidélité aux Lamon depuis l'ouverture du Palace… Elle avait tant encensé le vieil homme qu'une larme avait coulé sur sa joue. Je savais Grand-Père important mais pas à ce point. Il se tenait près de l'estrade, humble, un peu gêné. Il m'avait souri en lisant la fierté dans mes yeux humides.

Te souviens-tu, mon Général, nous avions fait un grand détour après ta fête, longeant les remparts à l'ombre des bigaradiers et des jacarandas en fleurs. La muraille percée de trous abritait une colonie de moineaux. Par-dessus les crénelures trônaient des nids de cigognes. La joyeuse laideur de ces créatures taillées pour le voyage me faisait sourire. En équilibre sur une patte, le bec tourné vers la montagne, elles rêvaient déjà au prochain départ. Tu fredonnais en marchant des mélodies anciennes, et tu m'incitais à chanter avec toi. Dès fois, tu me soulevais par les mains et tu devenais ma balançoire. Tu pivotais si vite que je m'envolais. Les rues, les murs, les hommes et les bêtes tournoyaient, se confondaient dans mes yeux que je m'efforçais de garder ouverts. Le pisé prenait le dessus, réduisant le paysage à une bande ocre, légère telle une feuille emportée par le souffle de tes éclats de rire. Et je riais à mon tour, lançais au ciel des cris de joie et de peur mêlées. Le cœur battant et les cheveux au vent, je m'abandonnais comme une plume dans un tourbillon, comme un oiseau résigné dans une bourrasque. Puis le calme revenait, ton visage se précisait, revêtant à nouveau les traits de la tendresse.

Ton immense tendresse, mon Général. Même essoufflé, tu veillais sur l'atterrissage, tout en douceur. À onze ans, je n'étais plus un poids plume. Mais tu avais mangé du lion, ce jour-là. Les éloges de Mme Lamon t'avaient insufflé l'ardeur de la jeunesse. Le gaillard de vingt ans qui avait fait l'ouverture du Palace s'était réveillé. Et avec lui les effluves d'autrefois, des images désordonnées, des histoires à moitié travesties, des flammes que tu croyais éteintes, des blessures jamais cicatrisées… Ainsi est faite la mémoire des hommes : des tiroirs qui s'ouvrent et qui se referment par un mot, un parfum, une couleur, un frisson. Le père de Madame avait dû beaucoup compter pour toi. Tu en parlais avec admiration et déférence. Tu me décrivais ses moustaches en croc et ses binocles, sa bedaine épanouie habituée à l'excès, se moquant des régimes qu'essayait désespérément de lui imposer son épouse, sa voix grave et son allure de bûcheron, sa poignée franche et son sens de la justice. Un pauvre égaré chez les nantis. Tu descendais à peine de ta montagne quand il t'avait donné ta chance. Jamais tu n'aurais gagné tes galons sans la confiance que cet homme avait mise en toi. Et tu en as été digne. Mme Lamon n'avait eu de cesse de le répéter pendant son discours.

Te souviens-tu du lendemain de ta fête ? Le premier jour où les retraités s'abandonnent à la plus grasse des matinées, tu n'as pas changé d'un iota tes habitudes. À huit heures tapantes, comme tous les matins depuis quarante-cinq ans, droit dans tes bottes au seuil du portail, rasé, parfumé, jovial, l'uniforme repassé et l'allure noble, tu étais là, présent. Comment aurait-il pu en être autrement ? Les collègues te dévisageaient avec gêne et chuchotaient entre eux. Une agitation inhabituelle régnait dans le hall comme si un prince s'apprêtait à débarquer au Palace. D'ordinaire, tu en étais le premier informé. Qu'importe, le malaise ambiant ne te concernait pas. Le cœur à l'ouvrage, tu ouvrais et fermais le portail en souriant aux clients, caressant au passage les cheveux des enfants fascinés par ta tenue. La présence du jeune portier à tes côtés aurait dû t'alerter. Tu l'avais congédié sans ménagement, tandis qu'il protestait, prétendant avoir été nommé la veille à ce poste. Tu lui avais ri au nez. Confier l'entrée principale à un novice serait une hérésie ! Il s'agissait sans doute d'une erreur. On avait dû lui confier la garde d'une porte de moindre importance, pensais-tu.

Réceptionnistes et concierges s'étaient empressés d'alerter Mme Lamon, l'informant de ton retour. Dans ton esprit, Grand-Père, la *retraite* était un simple mot, sans effet, un prétexte merveilleux pour festoyer, recevoir des cadeaux et ouvrir ton monde fabuleux à ta petite fille préférée. Une foule de responsables s'évertuaient à t'expliquer le ridicule de la situation. Comme ils parlaient tous à la fois, tu ne comprenais goutte à leur cacophonie… vacances éternelles, repos mérité et autres non-sens.

Mme Lamon avait fini par rejoindre le groupe, précédée de Pipo qui s'était mis à renifler tes godasses. Au garde-à-vous face au portail, comme la veille et l'avant-veille et tous les autres jours depuis la nuit des temps, tu étais là, vigilant, au service du client roi.

Te souviens-tu, Grand-Père, du sourire de la vieille dame quand, simulant la colère, elle s'était adressée à la meute agitée et bourdonnante :

« Mais cessez d'importuner cet homme, voyons ! Vous le perturbez dans son travail ! Regagnez vos postes, s'il vous plaît ! »

Puis, tournant les talons, elle s'était éclipsée de la même façon qu'elle était apparue, toujours précédée de Pipo qui agitait le pompon.

Deux années supplémentaires au Palace où, sur instructions formelles de la patronne, tu avais eu droit aux égards et au respect de tous. Nommé portier en chef de l'entrée principale, on t'avait assigné la tâche d'encadrer les jeunots qui ouvraient et fermaient désormais le portail en verre. Une chaise près du concierge te permettait d'avoir une vue d'ensemble et de prévenir d'éventuels incidents. Tu avais pris à cœur ta nouvelle mission pour enseigner à ces *têtes de mule* les ficelles du métier, l'importance du premier contact avec le client, les vertus du sourire sur l'âme humaine, insistant sur la qualité de l'accueil que tu érigeais en *pilier de civilisation*. Ce sont tes mots, Grand-Père, qu'ils écoutaient avec dévotion. Ils voulaient te ressembler pour mériter leurs galons acquis sans lutte. Pourtant, tu n'étais pas tendre avec eux. Gare au retardataire, à celui qui se tient mal ou dont il manque un bouton à l'uniforme ! Intransigeant, certes, mais sans méchanceté. Tu étais incapable de faire du mal à une mouche. Tous le savaient. Les serveurs en premier lieu. Aux petits soins, ils t'offraient du thé à la menthe et des friandises à longueur de journée. J'en profitais lorsque Mamyta s'absentait de la ville. Pour éviter de me laisser seule avec les jumelles, elle te confiait ma garde. J'étais si heureuse de passer du temps avec toi, flânant de la rue du Pardon aux grands boulevards, des jardins de la mosquée au marchand de glaces au pied des remparts, et à nous le Palace où je devenais princesse. Je me faisais petite, la moins encombrante possible. Je me contentais d'admirer ton règne sur les portes du paradis. Si je ne jouais pas avec Pipo, je me plongeais dans les bandes dessinées que m'apportait Mme Lamon… Et je m'empiffrais des chocolats interdits.

Deux années seulement. Deux petites années avant ton départ. Sans prévenir, tu as eu la mauvaise, la désastreuse idée de quitter le Palace. Et de partir. Pour de vrai cette fois-ci.

Tu as laissé tant d'orphelins, mon Général.

7

Les nuits de décembre sont glaciales, même aux portes du désert. J'avais quatorze ans quand j'ai été *volée* pour la dernière fois. Je m'en souviens comme si c'était hier. En remontant à l'étage pour masser les pieds de Père, une bassine d'eau chaude au sel gemme entre les mains, j'ai entendu une voix familière. Elle résonnait dans tout mon être, elle venait de loin, comme d'un puits sans fond. Elle ressemblait à celle de Grand-Père quand il me surprenait dans un coin, silencieuse et triste, la tête calée sur mes genoux. Tout Général qu'il était dans son bel uniforme, il s'accroupissait à mes côtés, se raclait la gorge et, de sa voix rocailleuse, débitait ses vieilles blagues pour m'arracher un sourire. À peine tendait-il la main pour me caresser les cheveux que je fondais en larmes. J'aimais pleurer dans les bras de Grand-Père. Il me serrait contre sa poitrine et me chuchotait à l'oreille des mots inintelligibles mais, à la douceur de sa voix, à sa façon de me regarder avec ses yeux luisants, j'avais l'étrange impression d'en percevoir le sens, et même la substance.

Aujourd'hui, tu ne t'évanouiras pas. Tu garderas les yeux ouverts. Tu fixeras la masse immonde qui enveloppera ton corps et tu continueras de respirer. Parle, si tu le désires, hurle si ça te chante, psalmodie le Coran. Tiens, en voilà une idée ! Des chants sacrés en plein cœur de l'enfer ! Tu as bien dû en apprendre quelques versets ? Les premières sourates sont connues de tous ! Sers-t'en comme bouclier, ou brandis-les telles de redoutables épées. Les mots de Dieu sont malléables. Les hommes en font ce qu'ils veulent. Bouclier, épée ; épée, bouclier, quelle importance ! Dorénavant, tu ne seras plus un amas de chair inerte, un réceptacle de la bestialité, une poubelle du genre humain. Tu vas devoir te prendre en charge. Personne ne le fera à ta place. Gémir c'est renoncer à moitié, c'est accepter la perspective de l'échec. Tu n'es pas défaitiste, n'est-ce pas ? Tu es née artiste. Et jamais, au grand jamais l'artiste ne baisse les bras. Même à genoux, son esprit reste libre, insaisissable. Tu n'as qu'à lever les yeux pour voir le tien planer au-dessus des montagnes, tu le verras sculpter les rêves ensevelis dans la brume, et allumer de braises les passions endormies. Ça vous réveille un mort, un artiste ! Les grottes obscures, les jougs invisibles, les sueurs âcres, les relents nauséabonds, les humiliations sont le lot des rampants. Pas le tien. Jusqu'à quand vas-tu supporter l'insupportable ? Tolérer l'intolérable ? Désormais, ta bulle ne sera plus ton refuge. Les anges l'ont transpercée. Elle ne servira ni à ta fuite, ni à apaiser la conscience de l'ombre hideuse qui te couve. Mais qu'attends-tu donc pour réagir ? Qui t'empêche de te battre, de te défendre, de sortir les crocs, de crier et de mordre ? Tu n'es plus une enfant. À ton âge, ta mère te portait déjà dans son ventre…

Alors j'ai réagi cette nuit-là. J'ai écouté la voix et suivi ses conseils, à la lettre. Je me suis battue avec mes armes, je me suis défendue bec et ongles, j'ai rendu coup pour coup, j'ai crié et mordu si fort que j'ai arraché une phalange du doigt que mon père aimait glisser dans ma bouche. J'ai mordu et serré aussi fort que j'ai pu. Ses hurlements avaient dû réveiller la rue du Pardon d'un bout à l'autre. Il blatérait tel un chameau qu'on égorge. Mais je n'ai pas lâché prise. L'ogre que j'affrontais ne m'effrayait plus. Le sang sur ma chemise était le sien. Mes mâchoires étaient comme soudées par la rage, par la jubilation que sa douleur provoquait en moi. Nous étions deux animaux en lutte pour survivre. Ses coups désordonnés m'atteignaient à peine, sa main valide tentait désespérément de m'étrangler. Dans un sursaut ultime, j'étais parvenue à me dégager de son étreinte et à le repousser deux mètres plus loin. J'ignore d'où m'était venue la force de renverser un individu de sa corpulence. Mais je l'ai fait. En quittant la chambre, j'ai emprunté le couloir sans précipitation, m'offrant le luxe de me retourner pour le regarder à terre, blessé, vaincu, geignard. Il était pitoyable. J'ai eu peine à desserrer mes mâchoires pour recracher le bout de mort coincé entre mes dents.

En longeant dans le noir l'allée surmontant le patio, j'ai vu ma mère assise sur un tabouret, faisant ses ablutions. Le branle-bas de combat là-haut ne l'avait visiblement pas alertée. Je me suis avancée, le torse droit, conquérante, les poings serrés, ivre comme un cannibale rassasié. À la première marche de l'escalier, le sol s'est dérobé sous mes pieds. Mes vieilles babouches racornies y étaient pour quelque chose dans la chute acrobatique qui allait s'ensuivre. Puis rien. Aucun souvenir. Pas même celui de la douleur d'un corps meurtri, dévalant les marches et se heurtant aux murs. La culbute aurait pu être grave. Voire mortelle. J'aurais pu me fracasser le crâne, les côtes ou le dos. J'aurais pu devenir infirme. Mais les anges ne m'avaient pas tout à fait abandonnée. Ils continuaient à veiller sur l'artiste en devenir. Ils avaient dû se mettre à plusieurs pour amortir ma chute. En reprenant conscience, à plat ventre au milieu du patio, à moitié sonnée, j'ai croisé le regard de ma mère, un samovar à la main. Au lieu de bondir de son tabouret pour secourir sa fille, ainsi que l'aurait fait une mère normalement constituée, elle avait baissé les yeux et poursuivi pieusement son rituel, se purifiant au mieux pour sa rencontre avec Dieu.

Mamyta aurait pu travailler cette nuit-là. Le risque de me retrouver seule, sans toit, dans une impasse obscure n'était pas négligeable. J'avais d'abord toqué à sa porte, discrètement, puis un peu plus fort avec la paume de ma main et, ne voyant rien venir, j'avais fini par cogner du poing tel un gendarme en colère. Je savais que les jumelles ne m'ouvriraient pas et qu'elles empêcheraient Hadda de le faire si leur mère avait été absente. Mais je n'avais pas d'autre alternative que de continuer à frapper et à frapper encore à cette porte. L'attente a été interminable et pas un bruit pour atténuer mon angoisse. Le muezzin s'est mis à chanter, annonçant aux fidèles la prière du soir. Le haut-parleur déréglé débitant une voix aigre avait de quoi rendre mécréant le plus dévot des hommes. Et comme souvent dans ma drôle d'existence, le miracle a fini par se produire : la voix éraillée de la diva s'est élevée dans le vestibule. La délivrance, enfin. Ainsi, au seuil de la porte entrouverte se tenait une jeune fille en piteux état, désemparée, perdue, le visage maculé de sang, les cheveux en bataille et la chemise de nuit en lambeau. Je grelottais. Sans poser de questions, Mamyta a ôté son peignoir et l'a glissé sur mes épaules. Malgré sa douce et rassurante étreinte, j'ai continué à trembler ; chaque parcelle de mon corps tremblait, mes jambes flageolantes menaçaient de rompre, mais je restais debout. Pas un mot sensé ne sortait de ma bouche, et pourtant, il me semblait raconter par le menu mes déboires. Animée d'une énergie improbable, soutenue par Mamyta, j'ai fini par atteindre en titubant sa chambre. Elle m'a couchée dans son lit, m'a bordée, et, jusqu'à l'aube, elle n'a cessé de me caresser les cheveux. Si je venais à tressaillir, elle m'enveloppait de ses bras et susurrait un verset protecteur. Alors j'ai fini par m'endormir. Comme un bébé. Un gros bébé exténué par une journée épuisante.

En me réveillant le lendemain, la maison était calme. Ma grasse matinée avait grignoté une partie de l'après-midi. Mamyta et les jumelles s'en étaient doutées, elles ne m'avaient pas attendue pour la cérémonie du bain maure. Cependant, je n'avais pas perdu au change. Hadda m'avait servi au lit un petit déjeuner somptueux : galettes mille trous arrosées de beurre et de miel fondus, pain perdu au sucre et à la cannelle et, enfin, des beignets croustillants au miel d'acacia. Le tout accompagné de thé à l'absinthe et d'une orange fraîchement pressée. C'était comme un matin de fête.

En vérité, c'en était un. Celui d'une fête insolite. La plus merveilleuse qu'il m'ait été donné de vivre. Je me sentais légère, envahie par une étrange impression de liberté, légère elle aussi. On dit qu'un oiseau élevé en cage ne survit pas à la liberté. J'étais cet oiseau-là, mais résolue à prouver le contraire. Je voulais rire et danser ; entrer de plain-pied dans un monde gouverné par la beauté, la bienveillance et la couleur. Une orgie de couleurs : un rouge de Fez pour mes lèvres, un noir de jais pour le contour de mes yeux, un bleu azur sur les paupières... Je voulais libérer ma blondeur du henné, laisser pousser mes ongles, je voulais...

Pour l'heure, je me contentais de savourer ma victoire. Je savais mon départ irréversible. J'en avais la conviction. Ne plus revoir la figure satanique de mon père, ses pieds que je massais le soir, ses mains calleuses qu'il glissait sous mon chemisier, tout cela me remplissait de joie. Quant à ma mère dont l'insignifiance et la lâcheté constituaient les traits dominants de son caractère, l'abandonner me paraissait on ne peut plus surmontable. Seul regret : ma petite sœur Alia, six mois tout juste, et un sourire désarmant. Cela dit, je la connaissais à peine. Je ne mettrais pas longtemps à oublier sa bouille, les deux orifices noirs qui lui servaient d'yeux, et sa grande bouche braillarde. Elle me faisait rire. En tout cas, finies les nausées, les bastonnades, les insultes. Finis le cauchemar des chambres closes, les morsures à la nuque, les langues râpeuses qui vous nettoient les oreilles et le reste. Tout le reste. J'avais la ferme intention de me reconstruire. M'affranchir de la malédiction qui me collait à la peau, muer vers une vie nouvelle où tout serait possible.

Cette voix venue d'ailleurs m'a toujours intriguée. Elle résonne dans mon for intérieur dès qu'elle me sent fragile, désorientée, en proie au doute qui répand son venin dans mon cœur. Péremptoire sans être agressive, elle emprunte le ton des vieux sages pour me guider. Je la suis en toute confiance, un rien euphorique comme un oiseau qui trouve son nord. Mamyta prétend que les anges usent d'un réseau de canaux sensibles pour s'adresser aux artistes. Peut-être. Pour ma part, je retrouve dans cette voix-là la chaleur de feu Grand-Père, son parfum, sa tendresse, ses silences. En dépit des pierres qui lui obstruent la bouche, les yeux et le ventre dans son cimetière, cet enclos désolé mangé par les ronces et l'oubli, il a dû s'unir à de follets séraphins pour continuer à veiller sur moi.

À son retour, Mamyta avait posé ma valise à l'entrée du salon, m'avait pris dans ses bras en chuchotant : « C'est fini mon amour, plus personne ne te fera du mal. Je te le promets. Désormais, ma maison est la tienne. Il y a une chambre libre là-haut, elle t'attend depuis si longtemps. Nous choisirons un couvre-lit et des rideaux à ton goût. Tu verras, tu y seras bien. Tu as toujours été ma fille, tu le sais. Tu l'es un peu plus aujourd'hui, voilà tout ! »

On n'a jamais su les tenants et les aboutissants de l'entrevue entre Mamyta et mon père. Elle ne s'y était pas rendue seule. Tante Rosalie, l'illustre Zahia et son gros postérieur lui avaient servi de renfort. Plusieurs versions avaient circulé. Certaines farfelues, d'autres contradictoires. La plus plausible est la suivante : métamorphosée en guerrière, la diva a ôté son fichu au seuil de notre porte, l'a jeté à terre et l'a piétiné en public. Puis elle a retiré de la capuche de sa djellaba un Coran qu'elle a brandi au nez de mon père, jurant sur les Saintes Écritures qu'elle le traînerait devant les tribunaux, qu'elle salirait son honneur, qu'elle répandrait le scandale dans l'ensemble des villes et villages où elle se produisait... L'enfer terrestre qu'elle lui promettait lui serait plus clément dans une geôle du Sud que dans sa propre demeure... À en croire les voisines, Mamyta aurait proféré des menaces encore plus graves, précisant que nul n'est à l'abri d'un accident ! Que les gens de la nuit, et ce n'est un secret pour personne, n'avaient pas la réputation d'être tendres. La voyante Zahia, elle, n'était pas restée les bras ballants. Les manches retroussées par un élastique croisé dans son dos, prête à entrer dans la danse en cas de bagarre, elle avait enfoncé le clou, exhibant la plus redoutable de ses amulettes, ciblant le mâle dans ce qu'il a de plus intime, de plus précieux : sa virilité. Armée d'un encensoir où brûlaient alun et benjoin, un simple geste lui suffisait pour frapper sa victime d'impuissance éternelle. Quant à Tante Rosalie, elle se contentait de le fixer, en silence.

Mais tout cela n'est peut-être que le fruit des commérages alimentés par mon départ. Une seule certitude : à partir de ce jour-là, je suis devenue officiellement et irrévocablement la troisième fille de Mamyta. N'en déplaise aux deux vipères avec lesquelles je devais cohabiter désormais.

8

Excepté les jumelles, la troupe de Mamyta constituait une famille soudée, solidaire, aimante. Une fratrie qui m'ouvrit grands les bras le jour où j'y fus officiellement admise. En vérité, je lui appartenais déjà depuis longtemps. J'avais grandi et mûri dans l'ombre de la diva. J'avais tant traîné dans les pattes des musiciens que, d'une certaine façon, j'étais leur création à tous. Et leur enfant aussi. Celle de M. Brek, le violoniste, auquel une œillade de Mamyta suffisait pour mettre le feu dans une fête. Celle de Mourad, le percussionniste, qui suivait au quart de tour son complice, faisant trembler de ses doigts électriques la peau tendue de sa darbouka. J'étais aussi et surtout la fille de Farid, le charmeur de crotale dont les cliquetis s'adressaient exclusivement aux nombrils féminins. Il complétait en beauté le trio infernal.

Les hommes de Serghinia, ainsi qu'on les appelait, formaient une équipe de choc, fidèle depuis le tout début de l'aventure, avant même que le Général ne devienne l'amant de la patronne, puis son mari. Dieu comme j'aurais aimé être une petite souris pour assister au spectacle de Mamyta s'abandonnant aux bras de Grand-Père !

Il en fut autrement avec la gent féminine. Mon arrivée fit l'effet d'une tornade, car les jumelles m'avaient compliqué la tâche, en me diabolisant au possible auprès des danseuses. Elles s'y étaient employées en douce, évitant de s'attirer l'ire de Mamyta qui ne supportait pas l'injustice. D'ailleurs, au travail, ses filles n'étaient plus ses filles mais des artistes au même titre que le reste de la troupe. Pourtant, je m'étais fait un devoir d'éviter la confrontation, adoptant un profil bas, me gardant de répondre aux vexations, aux brimades et aux provocations incessantes. Discrète, conciliante, je tissais des liens avec celles qui le souhaitaient. Mais rien de bon n'en ressortit. Leur rejet paraissait irréversible.

Alors je me fis une raison et optai pour le commerce des hommes. Une idée salutaire car M. Brek, Mourad et Farid m'adoptèrent immédiatement. Leur rivalité à prendre soin de la jeune femme que j'étais devenue me fut d'un grand réconfort. J'y trouvai le bonheur autant qu'une certaine confiance en moi, indispensable aux premiers pas dans le métier. Ils firent de moi le quatrième pilier de la bande. Leur amitié combla en partie l'épouvantable vide laissé par le départ de Grand-Père. Ils me protégèrent, m'enseignèrent le monde de la nuit avec ses joies et ses écueils, sa magie et sa violence. J'appris les ruses pour échapper aux griffes des loups, aux fantômes cachés derrière les portes, aux mains baladeuses, à l'ivresse des nuits glauques et de ses épaves. J'appris l'art des luttes souriantes et celui de la survie. J'appris à construire sur le vent la promesse d'un jour meilleur, à iriser d'espoir des rêves improbables, à danser et danser encore dans les yeux en veilleuse de la diva. Ce royaume-là, quoi qu'on en dise, et n'en déplaise aux jumelles, fut aussi celui de la fraternité. Les musiciens achevèrent mon apprentissage, m'initiant peu à peu aux plaisirs de la nuit et à leurs saveurs. Une cigarette blonde, un fourneau de kif, une cuillère de majoun, une bière mousseuse ou un verre de vodka glacée… des douceurs quotidiennes qu'on appelait « le carburant », et dont on se ravitaillait dès le crépuscule. La troupe au complet s'y adonnait, y compris les danseuses qui mettaient en suspens leur animosité à mon égard, et partageaient en groupe ces moments de détente. Nous y puisions l'énergie et la bonne humeur nécessaires pour affronter une fête nouvelle jusqu'aux lueurs de l'aube.

Mamyta n'était pas en reste. Elle se tenait à l'écart mais ne se privait pas pour autant. Elle soulageait la bouteille d'eau-de-vie d'une bonne moitié en un temps record. Elle lampait verre après verre comme de la limonade. Avant les spectacles, elle venait s'occuper de moi, ce qui n'arrangeait pas mes affaires avec les filles dont la rancœur allait en s'aiguisant. Comme j'avais grandi, les caftans de Mamyta m'allaient à ravir. Elle me les prêtait et m'autorisait à choisir les bijoux parmi les trésors qu'elle gardait dans son coffret : fibules, bracelets, colliers divers et des boucles d'oreilles à couper le souffle. Puis elle me coiffait comme si j'étais une poupée. Elle introduisait ses doigts aux ongles vernis dans ma chevelure et renvoyait mes boucles d'or à leur anarchie naturelle, les laissant choir sur mon visage, comme l'aurait fait le coiffeur de Pipo. Puis elle étalait son attirail de beauté sur la coiffeuse, prenait le temps de me maquiller en finesse, évitant l'outrance de mes collègues. « Un visage comme le tien n'a pas besoin de grand-chose : un léger trait de khôl, un soupçon de rouge à lèvres, une pincée de fard *bonne mine* pour voiler la fatigue de la veille, et le tour est joué ! » Une fois la séance terminée, elle me plaçait devant le miroir, posait ses mains sur mes épaules et disait :

« Regarde, mon amour. Regarde comme tu es belle. Aucune princesse, jamais, ne t'arrivera à la cheville ! Allons danser ! Allons leur tourner la tête ! »

En me voyant bouillonner, elle m'apprit la patience (épreuve insupportable pour une jeune artiste), la lenteur et la retenue. M'enseigner la simplicité ne fut pas une tâche facile. « Tu n'es pas obligée d'en faire des tonnes, me disait-elle, tout est dans la nuance, l'esquisse, l'allusion. » Puis elle me rassurait : « Le trésor que tu portes est une bénédiction divine. Prends-en soin, protège-le, fais-le briller, transmue ses éclats en frissons, en émoi. Le talent est une denrée rare. C'est un tout indivisible donné aux uns et pas aux autres ! » Puis elle ajoutait en riant : « On ne peut pas être un peu enceinte, ma chérie ! Soit on l'est, soit on ne l'est pas ! » Après quelques verres d'eau-de-vie, elle se lâchait : « Dieu est beau et Il aime la beauté. C'est pourquoi Il a mobilisé une nuée d'anges pour veiller sur Ses enfants préférés : les créateurs. S'Il lui arrive de les étrangler ou de les nourrir de vaches enragées et de tourments, il est rare qu'Il les tue. Les artistes ont beau cracher au ciel, pester et blasphémer, ils ignorent que ces épreuves-là sont en réalité un cadeau, des outils indispensables à l'élaboration de leur œuvre. Qui peut raconter la faim mieux qu'un indigent, le désespoir mieux qu'un homme au bord du suicide ? Comment parler d'amour si l'on n'a pas ressenti au creux de sa poitrine le feu de la rupture ? Je sais cela pour avoir longtemps avancé en eaux troubles. Pour m'être battu à armes inégales dans un monde d'hommes, fait par et pour les hommes. Je n'ai jamais baissé la garde, ma fille. J'ai rendu coup pour coup, j'ai lutté bec et ongles pour exercer dignement mon métier. La liberté ne se donne pas, elle s'arrache. Je me la suis appropriée sur la scène comme dans la rue. J'ai opposé mon rouge à lèvres, mon khôl, mon fard et mes djellabas moulantes à l'hypocrisie des bondieusards, ceux-là mêmes qui venaient mendier en cachette un brin d'amour ou de tendresse. Sur scène, j'ai soumis mes détracteurs aux inflexions de ma voix, aux ondoiements de mon corps, à la désinvolture d'une femme affranchie. C'est le combat d'une vie, ma fille. À toi de prendre le relais ! N'aie crainte, tu ne seras pas seule. Le Seigneur m'a toujours soutenue. Négliger mes prières ou Lui désobéir ne m'empêchait pas de L'adorer, ni de sentir au plus profond de mon cœur Sa présence. »

Les hommes ayant côtoyé la diva finissaient par en tomber amoureux. Tous, sans exception. À commencer par son compagnon de toujours, M. Brek. S'il ne la quittait pas des yeux pendant le tour de chant, c'était pour des raisons de tempo, prétendait-il. Il adaptait sa musique à la langueur de ses gestes, aux frémissements de ses épaules auxquelles la mélodie, inquiète, résiste un instant, avant de sombrer dans les aigus, quand la tête de Mamyta se détache de son cou et se promène d'un bout à l'autre de ses bras. M. Brek se reprend, observe attentivement le caftan affriolant collé à sa peau ; il y détecte des vibrations naissantes et attend que le percussionniste les confirme. On ne sait qui de Mamyta ou du groupe de musiciens se lâche en premier. N'importe ! La voix monte d'un cran, suivie par des roulements de tambourin auxquels le crotale fait écho. Excité, le violon calé sur le genou, M. Brek s'emballe, son tarbouch tient par miracle sur son crâne vacillant, le va-et-vient de son archet s'accélère, s'acharne telle une scie sur les cordes insoumises ; des sirènes d'alarme accordées à la voix de la diva retentissent, inondent le patio et ses occupants chauffés à blanc, puis s'envolent au loin vers les chaumières assoupies.

Sûr que Mourad en pinçait aussi pour la patronne. Mamyta le savait et en jouait avec brio. Un clin d'œil à l'un, un sourire à l'autre, frôlant de sa chevelure le visage de Farid qui feignait l'évanouissement. Elle tirait le meilleur de chacun, les élevant dans un espace accessible uniquement aux artistes, là où les âmes écorchées se retrouvent pour se lamenter, communiant dans la ferveur d'un rythme de tous les diables.

Debout sur la table ronde, la diva semble déjà loin de nous. Elle est ailleurs, au-delà du vertige et de ses frissons, du vacarme et de la foule exaltée, loin de la fête et même de son propre corps qu'elle abandonne aux mortels tel un amas de guenilles. Je la tiens par la main. Je la soutiens comme je peux. Elle chancelle. Sa tête tourbillonne, agite sa crinière qui balaie le sol, l'air et ma figure tourmentée. Ses yeux mi-clos deviennent blancs, son visage rouge sang.

Rien ne m'effrayait autant qu'une chute de Mamyta en public, au moment où elle se prosternait devant les djinns pour accéder à leur territoire ; une allégeance totale et inconditionnelle. Farid n'était jamais loin. Nul dans le groupe n'avait sa force et sa bravoure. Il se plaçait de l'autre côté de la table, à l'affût du moindre incident. La diva en transe pouvait voyager en paix.

Ah, Farid ! Voilà un être d'une rare sensibilité que j'ai aimé depuis mon jeune âge. S'il m'arrivait de l'appeler Grand-Père par erreur, il ne s'en offusquait pas. Il fronçait les sourcils, faisait la moue et les yeux ronds. Mais cela ne durait qu'un instant. Il découvrait vite sa dentition crénelée d'un jaune sale, un sourire en ruine qui débordait pourtant de tendresse. Mon affection pour cet homme était sincère et profonde. Son homosexualité y était sans doute pour quelque chose. Contrairement aux regards masculins que je croisais, la lumière que reflétaient ses yeux était saine et rassurante. Une lumière pure, dépourvue des éclats maléfiques que je percevais dans les yeux de mon père. Farid était mon ami. Ses confidences intimes m'honoraient même si je ne me dévoilais pas en retour. Il le comprenait et ne m'en tenait pas rigueur. Cela étant, mon histoire n'était un secret pour personne, encore moins pour les jumelles qui se fendaient en allusions douteuses, puis riaient aux éclats pour me blesser. J'avais beau leur opposer ma carapace endurcie, j'en souffrais quand même. Mais l'homme au crotale veillait sur sa protégée. Il venait à mon secours dès qu'il me sentait en danger. Il m'emmenait ailleurs et faisait la folle pour m'amuser. Il singeait Mamyta lorsqu'elle repérait dans l'assistance un gaillard à son goût. Un poids lourd en général devant lequel elle se métamorphosait en félin, tortillant la croupe et prenant des airs juvéniles.

Farid me racontait ses déboires avec le récalcitrant Mourad dont il était éperdument amoureux ; un homme à femmes notoire, mais dans nos contrées, cela ne veut rien dire, on n'épargne même pas les animaux, pourvu que le pelage soit doux et la bête docile. D'ailleurs, des bruits circulent qu'un soir de grande beuverie, alors que les deux hommes partageaient une chambre d'hôtel, il se serait passé des choses… Mais les mauvaises langues sont capables d'accusations fantaisistes.

Maintenant, l'effet désinhibant de l'alcool est bien connu, il peut tout à fait conduire à des histoires regrettables. Farid ne m'en avait soufflé mot, sans toutefois démentir la rumeur, ce qui laissait la porte ouverte aux conjectures les plus extravagantes. Qu'importe, même avec ses dents en ruine, il méritait mieux que le bedonnant Mourad dont les blagues n'amusaient personne. Pas méchant, certes, mais sans éducation. Il rotait bruyamment après les repas, se grattait sans arrêt les testicules, les flattait comme s'il était le seul à en posséder, gesticulait en coupant la parole aux autres... Sûr qu'il manquait de classe ! Naître dans les bas quartiers n'interdit pas d'apprendre les bonnes manières. Il suffisait d'ouvrir les yeux dans les demeures nanties où nous nous produisions pour s'émanciper. J'avais peine à comprendre comment on pouvait s'amouracher d'une brute pareille. Farid était tout son contraire, il respirait la politesse et le savoir-vivre. Il assumait au grand jour sa différence. Il se moquait de lui-même et désarmait ses détracteurs. Il forçait les traits de sa nature, jouant des yeux, des mains et des fesses. Maintes fois je l'ai vu grimper sur la table ronde en plein spectacle, passer un foulard autour de ses hanches et danser avec une grâce dont peu de femmes seraient capables.

Tel était l'ange que m'avait envoyé Grand-Père.

9

Quoi de plus injuste que le talent ?
Le Seigneur ne m'en avait pas privée. Mieux, dans Sa miséricorde, Il m'avait gratifiée de l'écrin adéquat pour le mettre en valeur : un corps d'une rondeur parfaite, élancé, blanc comme lait, rebondi là où il faut ; un visage poupin affiné avec l'âge, de blonds cheveux passés du handicap à l'atout majeur au pays du pelage brun et des peaux mates. Ce sont les mots précis de Mamyta. Elle me les a tant rabâchés que j'ai fini par y croire. Je me suis d'abord trouvée charmante, puis séduisante, et à mesure que je me contemplais, je me suis convaincue de ma beauté. Pas une seule imperfection dans le tracé de mon museau. Légèrement retroussé, un nez droit émerge du chaos de mes frisettes, une bouche en cerise souligne un

baiser vermeil suspendu dans le vide, des fossettes fendillant mes joues me prêtent l'air d'une gaieté perpétuelle. La joie est devenue mon métier, la légèreté mon royaume. Les nuits déteignant sur mes jours transformaient les paillettes, les éclats de rire, l'ivresse et les excès en mode de vie, en comportement naturel. Les hommes ne m'effrayaient plus dans la rue. J'ai appris à les manipuler. Il m'arrivait aussi de les provoquer, dandinant des hanches sous le satin de mes gandouras. Si j'osais un mot taquin, un regard furtif ou l'ombre d'une promesse dans l'ébauche d'un sourire, leurs yeux s'allumaient aussitôt. Des yeux perfides et carnassiers, voilant un magma d'interdits et de frustrations. Ah ! Comme je hais la bestialité qui en suinte, qui vous réduit à un vulgaire morceau de viande. Cependant, j'ai appris à me défendre, à me barricader derrière l'humour et les brocards, imitant Farid dans sa lutte au quotidien contre la bêtise ; je rusais pareil, riant de moi-même ou tournant en dérision leur petitesse et leur lâcheté.

Avant chaque spectacle, je débarrasse mon esprit de ces verrues en les réduisant à des ombres, à des voix anonymes noyées dans le bourdonnement de la salle. Surmontant mon trac, je soulève le rideau et jette un œil sur le patio fourmillant de monde. Du beau linge pour la plupart. Soieries, perles rares, chignons nattés, accroche-cœur, calottes, fez arrogants, une orgie d'or et d'argent égayant le paysage festif. Des serveurs affairés arpentent les allées, distribuant boissons et petits-fours. Alignées sur l'estrade face aux musiciens, les danseuses entretiennent les braises, exhibant à qui mieux mieux leurs chairs florissantes et leur bonne humeur. Ayant coutume de tenir compagnie à la diva dans sa loge, j'en profite pour mettre au point mon entrée en scène. Cette douce accalmie précédant l'orage me donne des forces pour affronter la foule. Allongée sur le sofa, les yeux clos, je déroule au ralenti la performance à venir. Les rappels à l'ordre de Mamyta me font sursauter. Je me ressaisis, avale un dernier verre, prends mon courage à deux mains et m'engage dans la cohue. En avant-goût du feu d'artifice, mon apparition fait ses effets, annonçant la sortie imminente de la diva. Tout en moi scintille, mon caftan à soutache mordoré, mes babouches brodées en fil d'or, les paillettes que Mamyta répand à pleines mains sur ma crinière, et mille autres éclats à faire pâlir de jalousie les étoiles dans le ciel. Ainsi me voulait la diva, sensuelle et flamboyante, au grand dam des jumelles que ma position de dauphine empêche de dormir. Elle leur donne de l'urticaire et une aigreur chronique. Tête haute et seins fiers, je m'avance entre les orangers, contourne la fontaine et traverse une galerie d'individus dont les regards se résument ainsi : « Nous voici, te voilà, fais-nous rêver puisque tu es l'artiste ! » Je continue de marcher, la marée se fend à mon passage comme la mer quand Dieu est de la partie.

Ces gens-là ont besoin de moi, de ma fantaisie, de ma folie. Une symphonie de youyous m'accompagne, me porte comme sur un tapis volant. Tam-tams et castagnettes vont crescendo, suivant la cadence imprimée par M. Brek. Mourad est aux aguets, prêt à engager les hostilités au premier signal. Les jumelles me fusillent des yeux, maudissent Farid et son crotale qu'il agite en m'escortant comme il l'aurait fait pour la mariée. M. Brek sait comment s'y prendre avec mes djinns endormis. Il les réveille en douceur, sans nous brusquer. Ses mélodies envoûtantes ont le don de s'adresser à la foule tout en insinuant à chacun le sentiment d'une exclusivité. En tout cas, les complaintes de son violon racontent par le menu les affres de mon histoire. Je les ressens dans mon ventre. Les frissons qu'elles engendrent s'amplifient, deviennent des tremblements puis des ondulations qui s'en vont mourir à l'extrémité de mes doigts ; des lames insoumises qui déferlent, fouettent le rivage et s'éteignent au loin…

Mamyta retarde volontairement sa sortie tant qu'on me couvre de billets, que la foule reste agglutinée autour de la table ronde sur laquelle je danse, et que les musiciens, captifs de leur propre tourbillon, me portent aux nues. Elle me laisse la vedette une bonne partie de la soirée, au désespoir des autres danseuses. Les jumelles d'abord qui se précipitent dans sa loge, protestent et l'exhortent à quitter son antre, et à reprendre les rênes de sa troupe. Redevenant patronne, Mamyta les congédie d'un revers de main, les renvoyant d'où elles viennent. Ainsi, je me retrouve malgré moi aux commandes de l'orchestre. Une tâche bien trop lourde pour mes frêles épaules. Voir la benjamine mener la danse amusait beaucoup la diva. Ces situations inconfortables me forçaient à me battre, à marquer mon territoire, à me défaire des compromissions d'antan.

Je revois encore la fillette timide accrochée aux basques de son idole ; un moineau égaré dans un troupeau de mammouths ; je sautille, chantonne, charme, amadoue la légion de femmes obèses, bavardes, hilares et médisantes qui ont peuplé les après-midi de mon enfance. C'était le temps où la machine Singer régnait sur la rue du Pardon, où mes journées se répartissaient entre l'apprentie couturière tournant sans cesse la manivelle, et l'artiste en herbe, un foulard autour des hanches, s'abandonnant aux délicieux roulis d'une croupe naissante. Le radiocassette ne s'arrêtant jamais, Mamyta m'incitait souvent à danser pour ses amies. En vérité, je ne me faisais pas prier. Depuis mon plus jeune âge j'étais infectée du feu artistique, je cédais à ce désir que connaissent mes semblables : plaire à tous, partout et tout le temps. Au moindre signe de la diva, je me levais, libérais mes cheveux, mes épaules, mes flancs et jusqu'à la dernière parcelle de ma chair, et je me lâchais, tombais sur les genoux, la tête penchée en arrière et le corps en branle, je me tortillais comme une anguille pour le plaisir de ces dames. Mamyta me souriait. J'aimais tant la voir sourire.

La diva veille au grain. Elle nous surveille depuis sa loge. Rien ne lui échappe. Gendarme et pompier à la fois, elle nous rassure. Nous savons qu'au moindre incident, à la première anicroche, elle volera à notre secours. Sa seule apparition suffit à ranimer une salle de fête, à réparer nos dégâts. Avant même qu'elle n'entonne un succès populaire, les bras écartés étreignant l'assistance, le pas cadencé, foulant le sol comme s'il était pavé d'œufs, elle avait déjà conquis son public. Hommes et femmes succombaient à ses charmes, à ses yeux nichés dans le creux de ridules, à son sourire omniprésent, à son regard aérien réservé aux dieux et que les mortels peuvent s'enorgueillir de croiser. Telle était mon idole, l'être auquel je devais tout et dont je mesurais mieux que quiconque l'étendue du génie.

Jamais je n'ai songé à lui faire de l'ombre. Par quel artifice une flammèche, si prétentieuse soit-elle, pourrait-elle défier le soleil ? Est-ce ma faute si les mâles me couvrent de billets ? Si même les femmes semblent vouloir me sauter dessus quand je les frôle en dansant ? Du reste, Mamyta en était heureuse. Elle me poussait au-devant de la scène, stimulait l'orchestre en m'entraînant avec elle dans son monde, là où le corps libéré, porté par des forces mystérieuses, accorde son pouls au rythme endiablé des percussions. J'étais la seule à pouvoir la suivre. À laisser mes démons comploter avec les siens pour allumer un feu sur lequel nous flambions jusqu'au bout de la nuit. Mais les jumelles n'en savaient rien. Aveuglées par la jalousie, elles s'étaient convaincues que j'offensais leur mère, que je grappillais une lumière qui lui revenait de droit. Un crime de lèse-majesté impardonnable ! Elles ne me l'ont pas pardonné. Elles étaient parvenues à en convaincre les autres danseuses, érigeant ainsi un infranchissable mur de haine avec lequel tout dialogue était devenu impossible. M'accuser de vouloir nuire à celle qui m'avait sauvée me blessait.

Que Dieu leur pardonne ! Elles ignoraient qu'en répandant le poison dans mes veines, elles tueraient leur propre mère.

10

En me réveillant dans un village près de Casablanca, j'ai reconnu Tante Rosalie. Elle semblait avoir vieilli d'un coup, la voix grave, les traits endurcis, traînant une raideur empesée qui ne lui ressemblait pas. Ses yeux mouillés se posèrent sur les miens comme après une longue absence :
– Tes yeux… ma chérie… tes yeux…
– Quoi mes yeux ?
– Ton regard, Hayat… ma petite Houta… Il n'est plus vide… il y a de la vie dedans.
– Il y a surtout toi, Tante Rosalie ! Toi et ton joli salon, tes fleurs en plastique dans un vase sur la télévision, ton kilim, tes poufs, ton chat paresseux affalé au seuil de la porte. Il y a tout cela dans mes yeux… Non, mon regard n'est pas vide !

– Depuis quand es-tu revenue parmi nous ?
– Je ne vous ai jamais quittés, voyons ! Où est Mamyta ?

Un silence. Se penchant sur le canapé où j'étais étendue, elle me prit dans ses bras, me serra fort en reniflant.

– Pourquoi tu pleures, ma tante ?
– Tu m'as tant manqué, mon amour ! Et tu me réponds à présent ! Je suis si heureuse de t'entendre ! Dieu est grand, les djinns ont fini par te libérer !

Je ne comprenais rien à ses paroles décousues.

– Depuis quand es-tu là ?
– Depuis que m'est parvenu l'arôme des galettes ! Tu as bien préparé des galettes, n'est-ce pas ?
– Oui, ma Houta, je te les rapporte de suite, avec du beurre rance et du miel, comme tu les aimes. Je suis si contente…

Elle s'en alla à la cuisine en frétillant. Il y avait quelque chose d'étrange dans sa voix et dans son comportement. Je l'entendis crier : « Hadda ! Hadda ! La petite est de retour ! » Silence. Hadda était visiblement absente. Quant à moi, pourquoi donc avais-je atterri si loin de Marrakech ? Pas le moindre souvenir du trajet depuis chez nous jusqu'à la maison de Tante Rosalie. J'avais pourtant une sainte horreur des voyages en autocars, ces carrioles bringuebalantes puant le suint qui s'arrêtaient sans cesse pour déposer ou récupérer des Bédouins, où l'on se trouvait entassés comme du bétail une journée durant avant d'arriver à Casablanca. Comment aurais-je pu oublier un tel supplice ? Par ailleurs, j'ignorais qui m'avait affublée de cette robe crottée et sans grâce. Certainement pas Mamyta dont le goût se donnait en exemple dans la rue du Pardon. Oui, tout était bizarre. Mes ongles cannelés et sales auraient dû m'alerter. La diva ne supportait pas les mains non soignées. Un ongle mal verni et elle nous renvoyait illico à notre chambre. Dieu merci, il n'y avait pas de miroir. Autrement, je me serais sans doute évanouie devant le visage hagard de l'étrangère que j'étais devenue.

Tante Rosalie me porta un plateau richement garni : galettes au miel, thé à la menthe, olives noires et une assiette de pâte d'amande et de noix à l'huile d'argan. Un festin qui relégua au second plan les mystères de ma situation. L'avidité avec laquelle je me jetai sur la nourriture me rappela les pauvres du vendredi auxquels nous portions le couscous devant la mosquée. Il fallait toute l'autorité de Mamyta pour éviter les empoignades. Mais à peine tournait-elle le dos que le mets disparaissait, les

mendiants s'arrachant à pleines mains les morceaux de viande, la semoule et les légumes. Ils remplissaient des sachets en plastique en attendant le prochain bienfaiteur. Au pays des ventres creux, le Diable prend vite le dessus sur le Bon Dieu. Le miel dégoulinant sur mes joues, sur ma poitrine et sur mes bras me donna le sentiment d'être aussi misérable que cette engeance. Si la diva me surprenait dans cet état, son cœur cesserait immédiatement de battre tant elle aurait honte pour moi. En revanche, Tante Rosalie semblait ravie. Elle assistait avec bonheur au désastre de ma gloutonnerie :
– Mange, mon bébé. Mange ! C'est la première fois que...
– ...
– Que tu manges avec appétit. Hadda n'en croirait pas ses yeux. Mais où donc est passée cette bourrique ? Jamais là quand il faut ! Si tu savais notre lutte pour te faire avaler la moindre cuillerée de soupe ! Que de fois as-tu renversé le bol brûlant sur la pauvre Hadda ! Elle ne désarmait pas pour autant. Elle recommençait, s'acharnant à t'alimenter quoi qu'il en coûte. Je prenais le relais quand je la voyais à bout.
– Et pourquoi donc cette résistance ? J'aime beaucoup la soupe de Hadda. Mais où est-elle ? Avec Mamyta ?
Tante Rosalie fixa l'horloge.

– Midi passé, déjà ! Que dirais-tu d'un hammam ?
– Oh oui ! j'aimerais beaucoup ça !
– Eh bien, j'ai déjà tout préparé ! Comme tu as un peu maigri, j'ai fait reprendre quelques-unes de tes tenues. L'attirail complet du bain est dans le seau : savon noir, rassoul, pierre ponce, gant, shampoing, linge de corps et serviettes propres. Rien ne manque !
– Ah ! ma tante, tu es un ange !

Ainsi nous quittâmes la maison, heureuses à l'idée de nous prélasser dans la chaleur moite du bain. La rue me parut anormalement agitée. Il y régnait une atmosphère de ruche où j'étais désorientée ; badauds, bicyclettes, vélomoteurs, charrettes tirées par des bêtes ou des hommes, marmots braillards, camelots ventant leur pacotille, aveugles psalmodiant le Coran… Un tumulte adouci cependant par la voix d'Oum Kalsoum sur la radio nationale. Une chanson tendre et désespérée nous accompagnait de boutique en boutique ; je n'étais pas seule à en fredonner le refrain. Tante Rosalie avait beaucoup changé. La femme à la repartie assassine qui tenait en respect n'importe qui, à commencer par mes propres parents, s'était quelque peu ramollie avec l'âge. Je la sentais au bord des larmes dès que nos regards se croisaient. Elle me voyait fragile, mais elle l'était sans doute davantage. Nous marchâmes à travers les venelles en direction du temple. Réservé aux femmes à cette heure de la journée, le hammam nous délivra du vacarme ; la salle de repos à tout le moins. En me déshabillant, je constatai qu'en effet j'avais beaucoup maigri. Tante Rosalie me devança à l'intérieur pour préparer l'espace où nous allions nous installer. Je la rejoignis peu après, prenant garde à ne pas glisser sur la mosaïque chaude et humide. Je mis du temps à m'habituer à l'obscurité de ce cocon où, amplifiée par les échos, une clameur aiguë prenait des airs fantomatiques. Tante Rosalie se chargea personnellement de me décrasser. Et Dieu sait combien j'en avais besoin ! Elle me frotta comme le faisait autrefois Mamyta. Elle prit son temps pour démêler mes cheveux, les laver et les relaver, déversant des seaux d'eau tiède sur ma tête. C'était si bon.

Les jours qui ont suivi, j'ai beaucoup dormi, J'ai beaucoup mangé aussi. Hadda s'occupait de moi, me dorlotait comme si j'étais encore une enfant. Elle cédait à mes caprices pourvu que je continue de lui parler et de lui sourire. Je posais peu de questions. Tante Rosalie changeait de sujet dès que j'évoquais Mamyta. Je n'insistai pas. Pensant à une querelle familiale, je pris mon mal en patience et laissai les choses se clarifier par elles-mêmes.

Un après-midi, je rejoignis Hadda sur la terrasse. Assise sur un drap couvert de blé, elle trillait les grains sur une table basse, les nettoyant des petits cailloux et autres impuretés. Elle me regarda du coin de l'œil et s'attela de nouveau à sa besogne. Elle avait sans doute pressenti l'objet de ma visite.
— Tu devrais te protéger du soleil, Hadda. Ça tape fort !
— Ah ! Petite, ma vieille caboche est habituée à la fournaise.
— Tu pourrais au moins t'installer à l'ombre ?
— Tu vois de l'ombre quelque part, toi ?
— Oui, là, sous les rangées du linge qui pendouille !
— Ça fait peut-être de l'ombre, mais mon travail en pâtirait !
— De quelle façon ?
Au premier coup de vent, je n'y verrais plus rien. Les tissus me colleraient au visage !
— Mais il n'y a pas de vent du tout !
Hadda leva les yeux, lança sur un ton inhabituel :
— Installe-toi où tu veux, ma chérie, et dis-moi ce qui te tracasse !

Je pris place à ses côtés, ramassai une poignée de blé que je laissai couler entre mes doigts. Elle portait une gandoura blanche avec une corde en guise de ceinture. Un fichu jaune couvrait ses cheveux poivre et sel. Hadda faisait partie de ces êtres chez qui le sens de l'humour est inexistant. Tout en elle le confirme : des paupières tombantes, des rides profondes tirant sa bouche vers le bas, raturant son front et tout ce qui pourrait s'apparenter à de la joie, une figure ciselée pour la déprime et un caractère en complète harmonie avec l'ensemble. Malgré les nombreuses années passées chez Mamyta, j'ignore la couleur de ses dents. Cela dit, même si elle ne riait pas, elle n'était ni antipathique, ni méchante. Juste triste. Infiniment triste. Droite, fidèle, elle se dévouait sans réserve à son métier, à sa mission qu'elle honorait comme une prière, rasant les murs de sa condition sans déranger personne. Jamais.

Sa façon de me parler me plut. Son ton n'était pas celui d'une domestique.
– Je voudrais savoir, dis-je. Tout savoir !
Hadda fronça les sourcils. Inutile de décrire son visage quand, à ses biffures naturelles, s'ajoutaient les rides d'une quelconque expression !
– En es-tu sûre ?

– Oui, certaine.

Elle ajusta son foulard comme pour mieux réfléchir.

– Comment résumer un pan de vie en quelques minutes ?

– Je ne suis pas pressée, Hadda. J'ai tout mon temps.

Elle posa sur moi un drôle de regard, un regard qui scrute, qui jauge, qui soupèse et s'interroge sur mes capacités à pouvoir encaisser. D'une voix calme, presque douce, elle dit :

– Es-tu certaine de vouloir tout savoir ?

Cette question me déstabilisa. Je pensai à Mamyta qui répétait souvent : « Quand l'œil ne voit pas, le cœur ne souffre pas ! » Savoir peut-être la source de bien de maux, de conflits où de méchantes blessures. Mais la curiosité de ma nature était plus forte, je répondis :

– Oui, dis-moi tout. Comment en suis-je arrivée là ? Où est Mamyta, les jumelles, l'orchestre ? Que s'est-il passé ?

Hadda m'offrit un verre de thé que j'acceptai volontiers. Elle prit le temps de siroter le sien. L'être transparent gagna soudain en épaisseur. Elle devint comme la mère qu'elle n'a jamais été.

– Mon petit poisson, je vais te raconter des histoires que tu auras peine à croire, à accepter, à digérer…

– Je peux tout entendre, Hadda. Je suis prête.
– En réalité, tout ce que je dirai, tu le sais déjà. Des mots d'ombre et de lumière, les deux facettes en lutte de ta propre personnalité. Tu as sombré cent fois, et cent fois tu as ressuscité. Je t'ai connue enfant, ma Houta, je t'ai vue grandir, t'épanouir, briller et j'ai assisté aussi à ta chute. Je t'ai vue basculer dans l'abîme, tomber dans le monde d'où je viens, d'où vient ta propre tante mais qui n'est pas le tien. Serghinia te connaissait comme si elle t'avait faite. Je me souviens encore de ses mots quand le malheur est arrivé : « Houta est une étoile, et les étoiles ne sauraient vivre ailleurs que dans l'immensité du ciel. » Peu avant sa mort, elle te confia à nous, ta tante et moi. Oui, ma petite, tu as bien entendu. Mamyta n'est plus. Mais avant de partir, elle prit soin de mettre de l'ordre dans ses affaires. Tu étais sa principale préoccupation. Elle nous fit jurer la main sur le Coran de ne jamais t'abandonner. « Prenez soin de mon étoile », qu'elle répétait, jusqu'à son dernier souffle. Et nous avions juré, ta tante et moi, de veiller sur toi. De consacrer le temps qu'il nous restait à vivre à te protéger. Cela fait dix ans que nous nous battons, mon enfant. Dix folles années où nous avions si souvent perdu espoir, où, les coudes serrés, nous

avions fait front quand Dieu nous abandonnait. Mais tu vois, nous sommes encore là, debout. Voudrais-tu vraiment que je poursuive mon histoire ?

Je fis oui de la tête en pensant que la disparition de Mamyta était impossible, parce que les anges ne meurent pas. Je sais qu'elle se relèvera sous peu, comme on se relève de la transe. D'ailleurs, pas plus loin que la semaine dernière, nous avions dansé ensemble. Je la tenais par la main, mes cheveux fouettant les siens, tandis que nos talons tambourinaient en phase contre la table ronde. Farid agitait son crotale à nos pieds, Mourad à genoux, en passe de crever la peau de son tambourin, tandis que M. Brek surveillait notre envol, tentant désespérément de nous suivre. Mais comment escorter un oiseau dans le ciel quand on ne sait pas voler ? Mamyta et moi étions deux cigognes affreuses, voletant autour de Grand-Père qui nous trouvait belles. Il nous tendait ses bras maigres et chantait les succès d'antan. Nous faisions des pics et frôlions de nos plumes son visage mal rasé. Il y a du laisser-aller, Grand-Père, depuis que tu as quitté le palace.

Puis la musique, encore et toujours. La salle se remit à tourner autour de nous tel un manège infernal. Puis rien. Je ne me souviens plus de rien.

Me voyant perdue dans les nuages, Hadda se tut. Elle se remit à nettoyer le blé.

11

Sur la foi d'ouï-dire, Hadda me relata la manière dont je fus empoisonnée. Si elle n'avait pas établi de certitude, des recoupements permettent toutefois d'apporter des précisions sur la composition du funeste breuvage. Les jumelles eurent recours à un marabout aux pouvoirs réputés infaillibles. Grassement rétribué, celui-ci fit une prouesse en matière de grigri ; une formule héritée de ses aïeux à base d'ingrédients extrêmement rares. Des herboristes de renom furent mis à contribution, de même qu'une infirmière de nuit ayant accès à la morgue de l'hôpital Civil.

Hadda me donna des frissons en détaillant la macabre formule : une once de cervelle d'hyène, une cuillerée de cantharide, une poignée de couscous ayant passé la nuit dans la bouche d'un mort, la rate d'un crapaud, l'œil d'une huppe, un œuf de caméléon et la corne râpée d'un bouc stérile... une potion explosive, d'une redoutable efficacité. De la dentelle en matière de sorcellerie ! Cela me fut servi sous forme d'une assiette de baklava à la fin d'un spectacle. Une douceur dont je raffolais, et qui me plongea le soir même dans un gouffre sans fond ; une absence qui dura dix ans. Dix longues années de mort lente où, me dit-elle, j'aurais perdu la raison. En vérité, je n'en garde aucun souvenir. Ni bon ni mauvais, sans blessure ni rancœur. Rien. Un trou noir dans une vie déjà criblée de trous. En apprenant mon histoire à travers les mots de Hadda, il me semblait entendre celle d'une inconnue au passé aussi tortueux que le mien. J'étais incapable de haïr mes ennemis supposés.

Selon Tante Rosalie, mon drame aurait pu être pire ; si le poison en question eut des effets dévastateurs sur mon corps, il permit surtout aux djinns de prendre possession de mon âme. Ils y entraient et en ressortaient comme dans un moulin. Hadda affirme qu'ils m'obligèrent à adopter leur langage, le timbre de leur voix et leurs effrayantes contorsions. Une ruse pernicieuse pour me séparer définitivement du reste des mortels ; lesquels, en effet, ne tardèrent pas à fuir comme la peste *la maison de la possédée*.

Tante Rosalie en souffrit beaucoup. Elle eut beau expliquer aux voisins que j'étais inoffensive, que la démence n'était pas contagieuse, rien n'y faisait. Cela dit, la violence de mes crises n'arrangeait pas nos affaires, elles survenaient n'importe où, à la maison comme dans la rue. À en croire Hadda, ce n'était pas beau à voir : les yeux révulsés dans un visage écarlate, les râles d'un chameau qu'on abat, de la bave écumant sur mes lèvres et mes épouvantables convulsions offraient de moi un spectacle déplorable. Ou de choix, c'est selon. Les passants en mal de sensations fortes s'attroupaient autour de nous. Ils s'apitoyaient sur mon sort, louant Dieu de ne pas manger la poussière à ma place. Mes nombreuses cicatrices témoignent encore de la brutalité de ces scènes qui effaraient Hadda. Elle perdait ses moyens et tournait en rond, impuissante. Tante Rosalie ne s'éloignait pas de nous. Elle me surveillait, jaugeait mon état et anticipait mes chutes éventuelles. En cas de pépin, elle me prenait dans ses bras et me déposait précautionneusement à terre. Elle introduisait dans ma bouche un caoutchouc pour m'éviter d'avaler ma langue, glissait dans mes mains un trousseau de clés et du sel qu'elle gardait en permanence sur elle, et psalmodiait à voix haute un verset du Coran. La foule l'accompagnait en chœur, intimidant les djinns qui finissaient par lâcher prise. Elle demandait alors à un gaillard de me porter vite à la maison. L'accalmie ne durait pas longtemps, les mauvais esprits revenaient à la charge le soir même pour me persécuter.

Hadda dit que les premiers temps furent un calvaire général, dans la rue du Pardon comme à Casablanca, tant les catastrophes s'enchaînaient. Les guerres ont ceci de constant que ni les vainqueurs ni les vaincus n'en ressortent indemnes. Tous y laissent des plumes. Les jumelles ignoraient qu'en essayant de me détruire elles démoliraient l'ensemble de l'édifice, qu'elles mettraient fin au rêve commun, aux chants, aux paillettes, aux corps qui flottent à la lisière de l'interdit, aux moustaches drues dominées par quelques œillades, aux strates de la bêtise qu'un simple sourire balaie... À notre folle aventure pensée, bâtie et gouvernée par une maîtresse femme, un puits d'amour, une déesse. En apprenant le drame, Mamyta sombra dans une dépression irréversible. Autant sa force de caractère paraissait inébranlable, autant sa fragilité à mon égard en déconcerta plus d'un. J'étais son poussin, sa gazelle, mais aussi son scarabée ou sa moucheronne pour conjurer le mauvais œil. Façonnée jour après jour, protégée, chérie, j'étais son œuvre majeure, le réceptacle où s'épanchait son génie. J'étais le reflet de la jeune fille qu'elle avait été naguère, frondeuse, provocante, habitée par la grâce. Le firmament était mon lot, la lumière ma destinée.

Ah ! Mamyta, j'aimais tant t'écouter parler, méditer, mettre des mots sur des ressentis que j'étais incapable d'exprimer. J'avalais tes paroles, je tentais désespérément de les retenir. Je me sentais l'héritière de ta pensée, la gardienne de tes rêves, de tes combats. Mais cette fois-ci, il faut reconnaître que Dieu nous a bel et bien abandonnées. Il t'a pris la vie et a laissé détruire la mienne. Sans doute avait-Il l'esprit ailleurs, occupé par des pécheurs plus malfaisants que les jumelles. Comment croire en Sa justice que tu défendais contre vents et marées, en Sa miséricorde, en Sa bonté ? Pourquoi a-t-Il permis à ton sang de couler dans des veines impies, à ta chair d'engendrer des vautours ? Ces oiseaux maudits qui ont fini par te dévorer, par réduire à néant l'œuvre de toute une vie. Qu'avons-nous fait de mal pour être punies de la sorte ? Où est passé l'ange censé veiller sur toi ? Empoisonné, lui aussi, par la haine et la cruauté ? Aurait-il abdiqué face à la folie humaine ? Peut-être. Ma seule conviction est que mon ange à moi s'est éteint avec toi, Mamyta. Mort et enterré parce qu'il vivait dans tes yeux, dans la douceur de tes mains posées sur mon visage, dans la caresse de tes murmures sur mes gros chagrins, dans ton giron où je me blottissais pour ne plus avoir peur, pour ne plus me sentir perdue. De ce côté-là, le Seigneur ne m'a lésée qu'à moitié : Il m'a escortée du plus tendre, du plus fervent de ses anges, mais Il me l'a repris si vite, Mamyta, si vite et sans prévenir.

Les guerriers vivent et meurent debout. C'est bien connu. Ils pansent leurs plaies éventuelles et se remettent au combat. Mais que faire quand les blessures sont invisibles, qu'elles vous minent de l'intérieur, et qu'il faille se battre contre sa chair et son sang. Mamyta en fut incapable. Le forfait de ses filles était irréparable, il l'avait anéantie. Et ce n'est pas faute d'avoir été prévenue. La voyante Zahia l'avait mise en garde à maintes reprises, dénonçant les manigances des jumelles qui cherchaient le moyen d'éloigner *une brebis galeuse* de leur troupe. Mamyta ne prit pas au sérieux ces avertissements. Pourtant, cartes à l'appui, Zahia avait été formelle : « Tes filles te tueront. » De grands mots que la diva interpréta avec l'indulgence d'une mère ordinaire. D'une certaine façon, pensait-elle, tous les enfants tuent leurs parents !

Elles t'ont tuée, Mamyta, et m'ont précipitée dans la démence. Elles pensent nous avoir séparées mais elles se trompent. Je sais que tu es là. Tout près. Je te vois. Je te respire.

Mon exorcisme nécessita des séjours prolongés chez plusieurs marabouts. Hadda m'avoua avoir beaucoup voyagé grâce à moi, tant les saints fourmillaient au royaume. Des oasis du Sahara aux montagnes verdoyantes de l'Atlas, des villes côtières à celles de l'arrière-pays. Pas un village, pas un hameau qui n'ait son intercesseur privilégié auprès du Seigneur. Tante Rosalie n'en négligea aucun. Pour peu qu'on lui ait soufflé le nom d'un imam ou d'un marabout efficace et nous voilà engagées dans un long périple. Elle ne regardait pas à la dépense. La pension de feu son mari, ancien fonctionnaire des travaux publics, y passait, tout comme les économies de Hadda qui avait renoncé depuis des lustres à sa paie. Les deux femmes menèrent une guerre sans merci aux esprits malins à coups d'incantations, de talismans censés expier les péchés de son âme, du sang de coq égorgé sur mon crâne, d'aspersion d'eau brûlante sur ma peau, de recettes aux ingrédients aussi recherchés que ceux du poison qui me rendit folle…

Hadda et Tante Rosalie évoquaient peu cette période. Ou alors à demi-mot. En vérité, je ne me sentais pas concernée par ces histoires. Je n'aimais pas non plus les entendre. Parfois, sans le vouloir, un détail nous renvoyait à un récit insolite. Les traces rouges sur mes poignets, par exemple. Selon Hadda, il m'arrivait de quitter la maison au milieu de la nuit et d'errer dans la nature jusqu'à l'aube. Les deux femmes affolées me cherchaient partout. C'est pourquoi elles se résignèrent à m'enchaîner au sommier du lit. C'est de là que proviennent mes bracelets naturels.

Enfin, Hadda et Tante Rosalie cessèrent définitivement de parler du passé. Et ce, depuis le jour où elles me surprirent au salon conversant avec la diva tout juste réveillée de sa transe. Elles blêmirent en me voyant debout souriant au miroir : « Mamyta, viens danser avec moi ! »

12

Un matin, je dis à Tante Rosalie :
– Je veux chanter… Je veux danser…
– Mais qui t'en empêche, mon enfant ?
– Pas à la maison !
– Dehors, en pleine rue ?
– Dans les fêtes, comme autrefois.
Elle me dévisagea, horrifiée à l'idée d'une rechute. Je la fixai :
– Regarde bien mes yeux, il n'y a personne dedans. Hormis l'ombre de Mamyta, et peut-être celle de Grand-Père, tu n'y verras pas grand monde.
Elle se tourna vers Hadda. Assise sur un tabouret à l'entrée du salon, celle-ci reprisait des chaussettes sous le regard attentif du chat. Le fil, ses gestes amples et les boules de socquettes intéressaient au plus haut point le félin.

Hadda ignora les appels de sa maîtresse. Pour plus d'attention, je levai le ton :
– Mettez-vous bien dans le caillou, mesdames, que le temps des djinns est révolu. C'est de l'histoire ancienne. Si vous pouviez entendre Mamyta comme je l'entends, elle vous le confirmerait haut et fort.

Tante Rosalie tenta en vain de changer de sujet. Je repris calmement :
– La présence de la diva dans mon cœur ne fait pas de moi une aliénée. Si folie il y avait, ce serait celle de ma reconnaissance envers l'ange qui m'a sauvée...

Déconcertée par mes propos qu'elle jugeait tantôt censés, tantôt incohérents, Tante Rosalie se contenta de grommeler :
– Mais pincez-moi donc ! Dites-moi que tout cela est une mauvaise plaisanterie !
– Absolument pas, ma tante. Ma décision est déjà prise. Elle a été mûrement réfléchie...
– Voyez-vous ça ! Et depuis quand une...
– ... une malade mentale réfléchit ?
– J'allais dire une convalescente, ma fille.
– Cela fait plusieurs mois que la convalescente y pense...
– Et de quelle façon comptes-tu t'y prendre ?
– La plus naturellement du monde. Former une troupe est un jeu d'enfants : de jeunes

rêveuses ayant le rythme dans le sang, trois musiciens, et le tour est joué. D'ailleurs, j'ai rencontré au hammam l'épouse d'un violoniste à la retraite. Cet homme rêve de rempiler, tout comme moi, mais il est incapable de s'adapter à la frénésie matinale. Le monde des lève-tôt et la brutalité de la lumière du jour le dépriment. Les oiseaux de nuit sont ainsi faits. Mamyta disait : « Le soleil est l'ennemi du rêve. » La poésie a besoin de calme, de torpeur, de bougies, d'ivresse et de rais de lune coulant sur les yeux des amants...

– Et alors ?

– Alors j'ai rencontré ce bon monsieur. Crois-le ou non, il ressemble à s'y méprendre à M. Brek : djellaba blanche, babouches soignées et un tarbouch du meilleur feutre. Te souviens-tu, ma tante, du loyal M. Brek ?

Tante Rosalie manqua tourner de l'œil.

– En voilà une nouvelle ! Ma nièce traîne désormais dans les garçonnières avec des inconnus...

– Du calme ! Il ne s'agit pas de coucherie mais de travail ! Il s'appelle Cheikh Maati. Il est disposé à monter une structure dans les plus brefs délais. Une affaire de semaines tout au plus.

– ...

– Halima Zoufri, son épouse, est une vétérane de la profession, elle est devenue matrone. Elle se propose de nous dénicher de jeunes et jolies danseuses. De vraies perles des bas quartiers qu'elle se chargerait de former elle-même.

Cheikh Maati et Halima Zoufri constituaient un couple d'une parfaite harmonie. « Telle claque a rencontré la bonne joue ! » aurait plaisanté Mamyta.

– Il s'en passe des choses sous mon toit ! s'étonna Rosalie en fusillant Hadda du regard. Et, bien entendu, tu étais dans la confidence !

La tête entre les épaules, la domestique chassa du pied le chat qui s'approchait trop près de sa pile de chaussettes.

– Ce n'est pas sa faute, ma tante, je l'ai suppliée de garder le secret ! Cheikh Maati et son épouse voulaient au préalable me voir à l'œuvre. Notre séance d'essai les a visiblement convaincus. Elle était supposée durer dix minutes, elle s'est prolongée une partie de l'après-midi. J'étais si heureuse de chanter et de danser pour Mamyta qui me surveillait, je la sentais prête à intervenir au moindre faux pas. Par moments, elle prenait les commandes, elle se glissait dans mon corps qu'elle déliait, ballottait en tous sens, délivrait de la pesanteur et emportait dans le ciel. Sa voix éraillée jaillissait de ma gorge, épousait les trémolos du violon tandis que Halima maintenait le tempo avec son tam-tam minuscule. Mamyta était aux anges. Ma performance lui plaisait. « Les djinns, susurrait-elle, n'ont pas altéré ta grâce, ni la sensualité de tes déhanchements, ni ton pouvoir d'hypnotiser la foule. Ton chant est intact. Il n'y manque rien. Les strophes, les refrains, les soupirs des complaintes, les envolées lubriques ou déchirantes, tout est là, mon poussin ! Va ! je te bénis ! »

Refusant jusqu'alors de prendre part à nos échanges, Hadda finit par se jeter à l'eau :
– Tu vois, Rosalie, on peut dire ce qu'on veut de Zahia, ses prédictions mettent le temps, mais elles se réalisent toutes ! De véritables prophéties !
– Qu'avait-elle donc prédit à mon sujet ?
Tante Rosalie apostropha Hadda qui s'apprêtait à répondre. Elle se ravisa aussitôt, maladroitement.
– Que diable me cachez-vous ?
– Rien, ma fille, on ne te cache rien…
S'adressant indirectement à Hadda, elle ajouta :
– Les élucubrations des voyantes et des domestiques ne m'intéressent pas !
Hadda marmonna des protestations inintelligibles et quitta le salon. Elle revint une

demi-heure plus tard avec un plateau à thé. Entre les verres et l'assiette de gâteaux secs se trouvait une drôle de boîte qui fit le plus mauvais effet sur Tante Rosalie. Elle nous servit et prit place au centre du salon. Défiant sa maîtresse, elle semblait prête à parler, à se libérer d'un poids.
— Savez-vous que Mamyta nous regarde ! dis-je. Elle est là, elle nous entend.
Hadda fixa Tante Rosalie.
— Trahir une dernière volonté est un péché, Madame.
— Mais de quoi parles-tu, grosse bourrique ?
— Des consignes de la diva sur son lit de mort, ni plus ni moins. T'en souviens-tu, Rosalie ? Au lieu de préparer sa rencontre imminente avec Dieu, elle ne faisait que parler de Hayat..., *sa vie, son petit poisson.*
La maîtresse poussa un profond soupir.
— Je n'ai rien trahi du tout ! Serghinia était mon amie et ses volontés seront respectées à la lettre. Il se trouve que cette affaire me semble légèrement prématurée...
— Quelle affaire ? De quoi s'agit-il ? Pour l'amour du Ciel dites-moi les mots, les derniers mots de Mamyta...
Tante Rosalie souleva le chat et l'installa sur ses genoux. La bête se laissa caresser en ronronnant, esquissant de la queue une spirale de gratitude.

Voyant sa maîtresse dans l'embarras, Hadda prit les devants

– Peu avant de rendre l'âme, Serghinia nous confia, à l'insu des jumelles, une boîte contenant ses économies. Même diminuée, elle trouva la force de révéler les prédictions de Zahia selon lesquelles : « Houta finira tôt ou tard par se réveiller. Sa renaissance des cendres se fera dans l'allégresse générale, depuis les humbles chaumières jusqu'aux palais prestigieux. Elle dansera et chantera sur des bouquets de lumière. Aimée, choyée, portée aux nues par le mendiant comme par le prince, elle ensorcellera les masses, embrasera l'œil de l'envieux et le cœur du transi. Je vois son nom voyager sur les lèvres et les ailes des oiseaux, arpenter les cieux et les abîmes de la passion. J'entends une voix qui fait fondre la pierre… et des rires, encore et toujours, et la musique à n'en plus finir… »

Tante Rosalie interrompit sa bavarde servante.

– Sers-moi un verre de thé pendant qu'il est encore chaud.

– Bien, Madame.

La maîtresse se racla la gorge et enchaîna :

– Que Dieu me pardonne, j'ai eu peine à croire à ces augures auxquels Serghinia prêtait foi. Je pensais qu'il s'agissait d'une fable de Zahia pour réconforter l'agonisante. Ton état, ma fille, ne présageait rien de bon. Qu'importe ! Le visage verdâtre de la diva s'éclairait dès qu'on parlait de toi. L'art, disait-elle, est ton unique raison de vivre, ta seule façon de respirer. C'est pour cela qu'elle nous chargea de te remettre cette boîte. Ça fait dix ans qu'elle t'attend. Même en période de disette, nous n'avions jamais songé à la déterrer du pied de l'oranger. La voici. La diva avait dit que tu saurais t'en servir. Nous en sommes convaincues.

Je gardai cette boîte plusieurs jours dans ma chambre sans l'ouvrir. C'était mon trésor. Moins pour son contenu que pour sa charge de tendresse. Une boîte en thuya qui sentait les ruelles de Mogador. Mamyta m'y avait emmenée autrefois pour me faire découvrir la mer. Je m'en souviens comme d'hier. Nous avions pris l'autocar de bon matin, escortées par Grand-Père. Une journée mémorable dans une cité dominée par le vent et les mouettes. Un mirage en bleu et blanc où les êtres humains semblent s'aimer entre eux. Et la mer. Le miracle de la mer : une étendue d'eau aussi vaste que le ciel. Fouettées par le sable le long d'une plage infinie, nous avions marché les pieds dans l'eau, ivres d'iode et de bonheur jusqu'à l'embouchure d'un fleuve soumis devant l'immensité de l'océan. Le fort portugais, ou du moins les ruines qu'il en reste, semble vivre sur ses gloires passées. À marée basse, on y accédait à pied. Grand-Père m'autorisa à grimper sur les rochers au grand dam de Mamyta qui protestait. D'en haut, je vis l'île et sa mosquée, son lazaret et son nuage d'oiseaux. Le retour fut plus facile car nous avancions dans le sens du vent. Bientôt les premiers hôtels, quelques dromadaires pour les touristes, des promeneurs sur la corniche et enfin la médina, ses remparts, ses citadelles pointant leurs canons sur des pirates imaginaires, ses rues étroites fourmillant de petites gens dignes où nous nous étions joyeusement perdus. Sur le port qui bourdonnait de marins réparant leurs filets, de vendeurs de poisson à la criée, de barques et de chalutiers, nous avions mangé des sardines grillées arrosées de citron, et nous avions beaucoup ri. Grand-Père faisait le clown, retirait de sa bouche son dentier, le dissimulait dans sa main et mordait avec le bras de Mamyta qui sursautait en hurlant…

Un passant qui nous aurait surpris à la table des pêcheurs aurait dit : « Tiens, voilà une famille heureuse ! »

13

Lorsqu'il me fallut choisir un nom de scène, Houta Serghinia s'imposa naturellement. « Houta » allait de soi, j'étais le poisson de tout le monde, mais adopter le nom de la diva ne fut pas une décision facile. Si certains y virent de la prétention ou un ego démesuré, d'autres approuvèrent au contraire mon choix, arguant que cela perpétuerait la mémoire de Mamyta. Les deux points de vue se défendent. Pour ma part, m'approprier cette identité officialisait simplement mes liens avec ma mère adoptive.

Je m'appelle donc Houta Serghinia et je suis une étoile. Je dirige une troupe composée d'une dizaine d'artistes : quatre musiciens et six danseuses plus belles les unes que les autres. Cheikh Maati et Halima Zoufri s'avérèrent extrêmement efficaces. Lui chapeautait les hommes, elle la gent féminine. La claque et la joue travaillaient de concert, me préservant des soucis subalternes.

Nous nous produisons partout. Si les nantis occupent des pages entières de mon agenda, il m'arrive aussi de chanter à petit prix pour les plus modestes. Le succès, comme toujours, reste un élément inexplicable. Il n'obéit à aucune règle, à aucune logique. Il se donne au talent comme à la médiocrité. Ou ni à l'un ni à l'autre. Son mystère demeure intact depuis la nuit des temps. Notre célébrité soudaine saisit l'ensemble de la profession. Nul ne comprit comment une demi-folle flanquée de vétérans et de quelques morveuses ait pu atteindre si vite le sommet. Qu'importe ! Nous étions sur le toit du monde et comptions bien y rester. Notre réputation nous devançait, préparant le terrain à l'extravagance de nos spectacles ; lesquels nous ouvrirent les portes de la bourgeoisie comme celles du pouvoir. La capitale nous accueillit à bras ouverts, d'un événement à l'autre, des riads somptueux de la médina aux villas cossues du quartier des ambassades. Une voie toute tracée débouchant sur un lieu impensable : le palais royal. Dans un pays comme le nôtre, on l'appelle le paradis. Le secret professionnel m'interdit d'en révéler davantage. Les artistes causants sont proscrits de ces contrées-là. Nous apprîmes vite à devenir des tombes. À voir sans voir. À entendre sans entendre.

Une chose est cependant avérée : quand on plaît au roi, on plaît à ses sujets. Nos plus récalcitrants détracteurs déposèrent aussitôt les armes, jugeant notre ascension légitime et justifiée. Ainsi est fait l'être humain : il se range inévitablement du côté des vainqueurs. Cette engeance se mit à m'aimer avec la ferveur des convertis. On affirma à tort que jamais ce pays ne connut de *cheikha* aussi douée que moi. Ce qui est faux et injuste. Je le sais pour avoir eu l'insigne privilège de côtoyer la plus magnanime, la plus céleste entre toutes : Mami, Mya, Maya, Mamyta, nommez-la comme vous voudrez. Aujourd'hui, j'ai une folle envie de l'appeler Maman. Voilà, c'est dit. Une maman d'emprunt parce que la mienne n'a pas été à la hauteur. Une maman qui voit, se bat, construit. Une maman qui protège sa progéniture en danger, qui aime et qui le dit. Un mot, un regard, une caresse… la tendresse ne coûte rien. Mamyta aurait ajouté : « Et pourtant, elle n'a pas de prix ! » Nos liens, si indéfectibles soient-ils, n'influent pas sur mon jugement. Pour m'être nourrie de son art, pour avoir été modelée de ses mains, de son amour, pour avoir attelé mes démons à la folie de ses rêves, je ressens ici le besoin de raconter son œuvre.

Haut et fort. En toute liberté, car nous avons affaire à une femme libre, à une battante ayant mis son métier controversé au centre de son combat ; au cœur de sa propre existence. S'il m'est arrivé de pécher par excès d'angélisme, je vous en demande pardon. Mamyta n'aurait pas voulu cela. Mon récit est aussi objectif que peut le permettre l'amour d'une fille pour sa mère. Mon témoignage vaut ce qu'il vaut. Il est celui d'un saltimbanque qui s'incline face à un génie.

Ah ! Mamyta, les choses ont beaucoup changé. Tu te sentirais perdue si tu venais à reprendre du service. Souvent le soir, en somnolant, j'entends ta voix. Je lutte contre le sommeil pour prolonger ce bonheur factice, même si je ne comprends pas toujours tes propos. Hier, tu m'as dit : « Nous perdons le temps que nous croyons gagner ! » Et tu as ajouté « Mais où donc sont passés nos petits plaisirs d'antan ? » Si tes mots restent un mystère, le sens qu'ils charrient a la saveur d'un raisin sec que l'on croque.

Désormais, nos tenues sont confectionnées par des maîtres tailleurs. Nous les choisissons sur le papier glacé de catalogues en couleur. Les essayages se font dans l'urgence, entre deux spectacles. Tu vois, Mamyta, nous sommes loin de ta machine Singer et de son pouvoir sur la rue du Pardon. Loin des caftans que tu festonnais avec art, des après-midi où tu enjoignais à Hadda de garder porte close tant le salon était comble, tant l'ambiance surpassait en vacarme celle du bain maure à la veille de l'aïd. Révolu le temps des blagues salaces, des potins venimeux, des orgies de sucreries, des présages tirés des redoutables cartes de Zahia... Finis aussi ces instants précieux où une jeune fille danse... Te souviens-tu, Mamyta, de la petite frisée boulotte de la rue du Pardon ? Comment es-tu parvenue à lui insuffler une telle envie de vivre ? À lui injecter ta grâce et ton talent ? Quels diablotins as-tu mandatés pour mettre ses rêves sens dessus dessous ? Par quel artifice as-tu réussi à recoller les morceaux d'une poupée fracassée, d'une existence en miettes ?

Me voilà debout, Mamyta. Envers et contre tout. Debout et triomphante, là où tu aurais voulu que je sois. Regarde, ils sont tous à mes pieds comme ils l'étaient naguère aux tiens.

La vie d'artiste s'est adoucie. Du moins pour certains. Nos déboires d'autrefois sont de l'histoire ancienne. Finis les bus cahotants, les taxis éternellement en retard, les valises encombrantes, nos instruments en sursis... Finis le chaos des fins de nuits, les mauvais payeurs, les bagarres d'ivrognes... Désormais, une escouade de techniciens, de porteurs, de chauffeurs nous accompagne et assume les basses besognes.

Ah ! Mamyta, comme je regrette de n'avoir pu te gâter comme je l'aurais voulu ; non pour rembourser quelque dette que ce soit, cela serait bien entendu impossible, mais seulement pour te faire plaisir. Revoir une dernière fois l'or scintiller dans ta bouche, tes mains claquant sur tes genoux, tes yeux imbibés de joie quand tes éclats de rire devenaient incontrôlables et te faisaient basculer en arrière. Te rendre heureuse, un petit chouia, te couvrir des bijoux berbères que tu affectionnais, des soieries d'Extrême-Orient, des babouches en velours brodées... J'aurais aimé t'emmener en vacances dans le Nord, à Tanger par exemple. Une ville où les chiens ont un cimetière ne saurait maltraiter les artistes. Tu en rêvais. J'aurais aimé t'embarquer dans ces cabarets morbides où nous nous serions enivrées. Une bouteille de *Mahia* à deux. Juste toi et moi. Puis nous aurions dansé, montrant à ces amateurs de quel bois nous nous chauffons. Je t'aurais pris par la main, une fois encore, j'aurais défait mes cheveux et les tiens, et nous nous serions lâchées. À genoux, l'une face à l'autre, d'une seule et même voix, nous aurions mendié aux anges déchus une transe ultime.

Serais-tu partie trop tôt, ou me suis-je réveillée trop tard ? Dans les deux cas, j'ai manqué de temps. J'aurais aimé détruire ce carnet à spirales où était consignée ta vie, non sous forme d'un journal intime, mais de plusieurs colonnes de chiffres froids. La moindre dépense y était enregistrée. Tu voulais connaître l'état précis de ta maigre fortune. Si je te traitais de fourmi, tu souriais : « On verra le jour où tu seras à ma place… où tu auras à gérer les finances de toute une troupe ! »

Me voici, Maman, à une place que jamais je n'aurais voulu occuper. Parce que c'est la tienne. Parce qu'il n'y a pas une artiste née dans le sang de sa mère qui oserait y prétendre. Nous y régnons toutes les deux, Maman, comme autrefois. Je sais que tu es là. Le soir dans ma loge, c'est ta présence qui me porte sur scène. Elle me donne le courage d'affronter la foule. Elle me rassure. « Des artistes, disais-tu, les gens ne retiennent que les paillettes, la bonne humeur, la poésie, l'ivresse. Ils ne voient rien des coulisses hantées par le doute, la solitude, l'angoisse, la pitance incertaine, les chutes inévitables quand les muses traînent la patte… » Et tu ajoutais, péremptoire : « Les saltimbanques ne meurent jamais parce que nous avons tous besoin de rêves… »

Tu vois, le trésor que tu m'as légué est en lieu sûr. J'en prends soin. Je le garde au chaud dans mon cœur. De là où tu es, je sais que tu me suivras, fière et l'âme apaisée ; et tu m'applaudiras chaque soir quand tu me verras porter ton art aussi haut que tu l'as porté, et distribuer, à mon tour, le rêve et le bonheur à pleines brassées.

Mami, Mya, Maya, Mamyta... je n'osais pas t'appeler Maman parce que les jumelles ne l'auraient pas supporté. Parce qu'elles n'auraient pas attendu si longtemps pour nous faire la peau.

Mais que risquons-nous aujourd'hui, Maman ?

14

Là, noyé dans la masse, il attendit la fin de la première partie du spectacle pour venir me saluer. Il ne voulait surtout pas me perturber. Ni perdre une miette de ma performance. Il était resté dans son coin, caché derrière sa barbe poivre et sel. Je ne l'aurais pas reconnu si je l'avais croisé dans la rue. Mais là, à sa façon de remuer la tête à l'entrée de ma loge, les yeux pétillants, le sourire déglingué, je me levai et sautai dans les bras de Farid. Nous restâmes longtemps silencieux.
– Que Dieu ait son âme ! dit-il.
Je me contentai d'acquiescer.
– Ce soir, je suis un homme comblé.
– Moi aussi, Farid... Si contente de te revoir !
– J'ai vu Serghinia sur scène. Je l'ai vue danser. Je l'ai écoutée chanter. Je nous ai vus, ma fille.
– Je nous vois tous les soirs, Farid.

- Tu m'as manqué. Vous me manquez tous !
- Comment m'as-tu retrouvée ?

Le crotale esquissa un sourire, reprenant une réplique chère à la diva : « Quand on veut ta bouche, ma chérie, on la trouve dans le noir ! »

J'ignore si nous avions ri ou pleuré ; les deux à la fois, sans doute. Même là-haut, Mamyta continuait à nous faire vibrer.

- Et M. Brek ? demandai-je.
- Il n'a pas survécu au départ de Serghinia.
- Et Mourad ?
- Il vivote en faisant des remplacements ici ou là. Je le croise de temps en temps sur la Grand-Place. Il n'est plus ce qu'il était. Le monde de la nuit use son homme.
- Et toi, Farid ?
- J'ai décroché, ma fille.
- Je serais si heureuse de t'accueillir dans ma troupe !
- Je n'en ai plus la force, petite. De toute façon, je suis devenu fermier depuis que j'ai hérité d'un lopin de terre au pied de l'Atlas. Tu devrais venir t'y reposer.
- Je viendrai, Farid. Bien sûr que je viendrai !
- J'y ai construit une petite maison à la manière des Bédouins, avec de la boue et du crachat... Vraiment rien de luxueux, mais je m'y sens bien. Il y a de si beaux bergers dans mon coin...

– Tu ne changeras jamais, vieux bandit ! Viens t'asseoir ! Un petit verre de *Mahia* ?
Farid sourit.
– Mamyta ne s'y trompait pas : cet alcool de figue fait par les vieilles familles juives ne donne pas la migraine... Et puis...
– Je sais, je sais...
– Quoi ?
– Que chaque gorgée te fait penser à elle. Oui, je veux bien un verre.
Alors nous trinquâmes une fois, puis deux... vidant les trois quarts de la bouteille. Plus je le fixais, moins je voyais sa barbe grise, ses rides, sa vieillesse. Il avait soudain rajeuni face à la petite frisée boulotte de la rue du Pardon. L'éclat de ses yeux l'attestait. Les souvenirs se bousculaient dans nos esprits, en vrac, dans un désordre émouvant.
Halima Zoufri vint nous interrompre :
– La salle te réclame, Houta !
Farid se leva et quitta aussitôt la loge. Il me gratifia d'un sourire avant de disparaître dans la foule. Quelques retouches de maquillage et me voilà à mon tour plongée dans la frénésie de la fête.
Sur scène, ce soir-là, j'ai dansé pour ma famille artistique, pour Tante Rosalie, Hadda, la voyante Zahia et surtout pour Grand-Père. J'ai dansé et dansé encore. Les musiciens m'ont

suivie aussi loin que le leur permît leur condition de mortels. Surgissant de nulle part, Farid s'agenouilla aux pieds de la table ronde avec un crotale arraché à un musicien et le fit trembler. Je ne distinguais déjà plus rien depuis la hauteur où je me trouvais. Seule, dans ce territoire réservé aux élus, là où se réfugiait Serghinia lorsque les djinns venaient à son secours.

J'étais la diva à la place de la diva.

15

Tante Rosalie, Hadda et moi nous installâmes dans une maison sur la côte de Casablanca. Ma chambre à coucher donnait directement sur l'océan. Prendre un café et fumer ma première cigarette sur le balcon m'emplissait de joie. Cette seule perspective me tirait du lit où je flemmardais jusqu'à treize heures.
Bien que la situation des deux femmes eût radicalement changé, Tante Rosalie se cramponna à son statut de maîtresse, et Hadda, résignée, se cantonna au sien. Leur inculquer une quelconque égalité n'avait de sens ni pour l'une ni pour l'autre. Pourtant, j'avais engagé du personnel pour les servir. Elles étaient tout ce qu'il me restait comme famille. Mes spectacles se vendant à prix d'or, je tenais à leur

offrir une retraite décente dans un cadre douillet. Il n'empêche que tous les soirs que Dieu fait, Tante Rosalie exigeait de Hadda une cuvette d'eau chaude au gros sel et la sommait de lui masser les pieds. Mes protestations restaient lettre morte. La servante qui s'exécutait sans rechigner me rappelait les histoires de cour que racontait Grand-Père. Il disait que, même affranchis, les esclaves se sentaient encore appartenir à leurs maîtres. Les chaînes intérieures sont plus difficiles à casser parce qu'elles sont invisibles. Il en allait ainsi pour mes vieilles compagnes. La patronne restait la patronne ; et Hadda, sa servante dévouée. Mais la mémoire de Tante Rosalie commençait à défaillir. Dès qu'on avait recours à ses souvenirs, Hadda prenait la parole et ne la lâchait plus. Elle adoptait le ton, l'assurance et l'éloquence des maîtres ; et elle savourait le plaisir de s'entendre parler. Agacée par son insolence, Tante Rosalie nous gratifiait d'une moue hilarante.

Collées telles des siamoises, les deux comparses ne pouvaient se passer l'une de l'autre. Une singulière complicité les unissait, les amenant à tout partager. Tout, sans exception. Tant qu'il s'agissait d'une friandise, d'un coupon de tissu, d'un bout d'encens ou d'une pincée de safran pur, ça allait, mais l'affaire se corsait lorsqu'il était question de médicaments ; l'une étant diabétique et l'autre cardiaque. « Une pilule pour toi, une pilule pour moi ! » Le docteur Moyal en devenait fou. Il avait beau les prévenir du danger mortel qu'elles encouraient, rien n'y faisait. Elles divisaient à parts égales l'ensemble de leurs cachets multicolores : « Ce qui me fait du bien ne peut pas te faire du mal ! » Cette imparable sentence eut raison du brave médecin qui finit par abdiquer. En désespoir de cause, il se résolut à les soigner à moitié : prescrire un remède utile à la première sans nuire pour autant à la santé de la seconde. Un dosage d'équilibriste qui lui donnait des cheveux blancs.

Ainsi étaient les femmes qui partageaient mon quotidien. Deux têtes de mule dont la présence m'était indispensable. J'y trouvais un refuge, un feu de bois, le calme après la tempête, un thé chaud, un sourire, une étreinte, des mots de rien… un parfum qui apaisait l'insupportable vide laissé par Mamyta.

Se donner au royaume de la nuit ne va pas sans risques. On devient vite allergique à la frénésie de la journée. Hadda et Tante Rosalie se firent un devoir de m'y soustraire. Toutes les raisons étaient bonnes pour m'obliger à sortir l'après-midi. Elles me traînaient au hammam et se mettaient à deux pour me laver ; puis au marché pour faire des courses, ou simplement une promenade sur la corniche. Nous prenions place sur des bancs publics face à la mer ; elles jugeaient inconvenant pour une dame respectable de s'asseoir à la terrasse d'un café. Aussi me grondaient-elles si j'allumais une cigarette en public. « Il n'y a que les catins pour oser pareils écarts », protestait Tante Rosalie devant Hadda qui opinait de la tête.

Parler de Marrakech était tabou au sein de ma troupe. Les propositions de nous y produire étaient systématiquement rejetées. Tâtant le terrain et le trouvant explosif, Cheikh Maati et Halima abandonnèrent toute tentative de m'en persuader. Nous y étions pourtant réclamés par un prince du Golfe connu pour ses cachets mirobolants. L'idée du retour dans ma ville natale me terrifiait. Je n'y étais pas encore prête. Il m'arrivait cependant d'y penser avec une certaine nostalgie. Mes soliloques sur la tombe de Grand-Père me manquaient. Selon Tante Rosalie, le hasard fit que Mamyta était enterrée non loin du Général. Un miracle, car seules quelques tombes les séparaient. J'aimerais beaucoup voir cela. Et puis, une fois sur place, pourquoi se priver d'une promenade en médina ? Un petit crochet par la rue du Pardon et sa fontaine, ses aveugles plantés au seuil de la mosquée, ses épiceries tenues par de vaillants Berbères, son four dont je garde de si mauvais souvenirs ! Que de claques ai-je essuyées quand le boulanger se trompait de pain. Revoir la rue du Pardon et ses garnements courant pieds nus dans la poussière derrière un ballon dégonflé. Les empêcher de se battre. Gronder celui qui sniffe la colle, le pickpocket avec sa lame de rasoir et le voyou qui jette des cailloux sur les filles et les oiseaux. Non, je n'irai pas plus loin. Pas au fond de la rue. Pas dans l'impasse malheureuse où je suis née, ni dans celle de l'ange qui m'a ressuscitée.

Et pourtant, j'y suis retournée.
Mamyta le voulait ainsi. Son chant était si doux dans mon rêve : « Repriser la dentelle de l'innocence, restituer les rêves volés, épandre l'aigreur dans les égouts et cesser d'avoir peur, reconstruire, avancer, avancer... »
Si les mots gardent leur mystère, il y a des signes qui ne trompent pas. Alors, oui, je me suis rendue à la rue du Pardon en en payant le prix : nuits blanches, crampes à l'estomac, cauchemars... Je pensais à ma petite sœur que j'avais laissée bébé en partant. Je ne me souviens même plus de son prénom. Quelle honte ! Je pensais aussi à ma mère, figurante dans sa propre existence, écrasée par un monstre que je

voulais regarder dans les yeux. Hadda et Tante Rosalie ne firent pas obstacle à ce projet à l'issue incertaine.

Ainsi je vainquis mes peurs. Je pris un bus et dormis tout le long du trajet entre Casablanca et la ville ocre. De la gare routière un taxi me conduisit au cimetière où cohabitaient Mamyta et Grand-Père. J'avais tant de choses à leur raconter. Un individu, mi-gardien, mi-fossoyeur, m'indiqua les tombes des miens. En effet, elles étaient voisines, à quelques macchabées près. Connaissant Grand-Père, il n'aurait pas hésité à troquer son suaire contre une place à côté de la diva…

Le discours que j'avais préparé ne me fut d'aucun secours. Pas un mot ne sortit de ma bouche. Moi qui voulais rassurer Mamyta, je ne fis que sangloter du début à la fin de ma visite. Et même dans le taxi qui me conduisit à la rue du Pardon.

Malgré son handicap, le charbonnier Mbark le borgne me reconnut. Cheveux blancs et visage noir, il semblait si content de me revoir. « Le quartier n'est plus ce qu'il était, ma fille, les grandes familles l'ont déserté. Aujourd'hui, les gens ne se parlent presque plus entre eux… » Puis il évoqua Serghinia dont la rue du Pardon restera à jamais orpheline, de ses pauvres jumelles aux destins tragiques ; « l'une traîne dans la rue avec son alcool à brûler mélangé à du Coca et l'autre a disparu on ne sait où… »

Je ne tenais pas à connaître la suite, je le saluai vite et dévalai la faible pente, si escarpée dans mes souvenirs.

Escortée par Mamyta et Grand-Père, je m'engageai dans la rue de mon enfance. Mon cœur n'était pas affolé et mes mains tremblaient à peine. Les enfants couraient comme ils ont couru de toute éternité. Un jeune excité en mobylette faillit me renverser. Je m'abstins de lui hurler dessus en voyant notre impasse. Une dizaine de mètres me séparaient du lieu où je suis née, où j'ai grandi, où j'ai souffert.

Mille fois j'ai tué mon père, et de mille façons différentes. Ses morts variaient au gré de ma douleur. Quand tout allait bien, je l'étouffais à l'aide d'un coussin dans son sommeil. Des fois, je lui plantais un couteau ou une fourche dans la poitrine. Il m'arrivait aussi de le châtrer, le laissant dépérir dans une cave obscure.

La porte de la maison étant ouverte, j'entrai sans prévenir ; après tout, j'étais chez moi. Qui pourrait me le reprocher ? Dans le patio inondé de lumière, je vis ma mère en train de prier. Amaigrie, les traits creusés, elle peinait à se prosterner. Des mèches argentées débordaient de son fichu. Une voix d'homme m'attira au salon. Je reconnus le rire gras de mon père. En écartant le rideau, je manquai m'évanouir. Je me ressaisis car Mamyta et Grand-Père m'auraient fait un scandale autrement. Pourtant, le spectacle était insoutenable. Je me revis assise quinze ans plutôt sur le genou de mon père. Le vieillard caressait les cheveux de l'adolescente et lui bavait je ne sais quoi à l'oreille. Il mit un certain temps avant de me reconnaître. J'approchai mon visage du sien et le fixai. Le coussin, le couteau, la scie, la fourche… toutes mes armes imaginaires étaient là, pointées sur lui, prêtes à l'envoyer en enfer. Il baissa les yeux.

Je dis à la jeune fille :
– Quel est ton nom, petite ?
– Alia, madame.
– Tu sais qui je suis ?
– Non, madame.
– Tu peux m'appeler Hayat, je suis ta grande sœur.

Alia écarquilla les yeux.
– C'est donc toi… ?
– Oui, ma chérie, c'est moi. Je suis venue te chercher.

Elle se tourna vers le vieillard tétanisé.
– Tu n'as plus rien à craindre. Viens, je m'occuperai de toi. Jamais plus personne ne te fera du mal.

Le rapace lâcha sa proie, vaincu, fini, un peu mort. Je me baissai, collai mon front au sien en relevant du pouce son menton :
— C'est fini, ordure ! C'est fini.

En traversant le patio, je vis Mère à genoux, terminant sa prière. Je ne ressentis pas de haine envers elle mais de la pitié.

Accrochée à mon bras comme à une bouée de sauvetage, Alia ne détachait pas son regard du mien. Je me gardais de parler parce que les sanglots n'attendaient que ça pour éclater. À hauteur du magasin de Mbark le borgne, je m'arrêtai, jetai un œil en arrière, pris ma petite sœur dans mes bras et la serrai aussi fort que je pus.

Je vis soudain un petit poisson inquiet dans les bras de Mamyta ; il y a de cela une éternité, dans une autre vie, un jour comme aujourd'hui, au beau milieu de la rue du Pardon.

*Cet ouvrage a été composé
par PCA
et achevé d'imprimer en France
par CPI BUSSIÈRE (18200 Saint-Amand-Montrond)
pour le compte des Éditions Stock
21, rue du Montparnasse, 75006 Paris
en avril 2019*

Imprimé en France

Dépôt légal : mai 2019
N° d'édition : 01 - N° d'impression : 2043567
55-51-4548/4